JN001542

胃が合うふたり
千早 茜
Akane Chihaya
新井見枝香
Mieka Arai
新潮社

胃が合うふたり　もくじ

はじめに　7
歌舞伎町ストリップ編　23
銀座パフェめぐり編　41
神楽坂逃亡編　63
両国スーパー銭湯編　83

高田馬場茶藝編　103
ステイホーム編　125
福井・芦原温泉編　145
京都・最後の晩餐編　163
神保町上京編　181
おわりに　201

胃が合うふたり

はじめに

新井見枝香

Mieka Arai

実家にいた頃の私は、ピアノとごはんを食べていた。

ピアノはいつも、私が帰ってくるのを待っている。私が楽しければピアノも笑い、悲しければピアノが泣く。機嫌が悪いときには、八つ当たりしてしまうこともあった。それでもどっしりと受け止めてくれるピアノのそばで、私は毛布にくるまって眠るのが好きだった。ピアノは私にとってただの道具ではなく、いちばんの味方であり、母のようでもあった。

しかし私の母は「ＹＡＭＡＨＡ」ではない。ピアノとは別に「かよ子」という母がいるから、安心してほしい。もしピアノが母なのだとしたら、私は親を二束三文で売り払った非道(ひど)い娘ということになってしまう。ついでにいちばんの味方も売っている。最低だ。

連載一回目ということで、つい気負ってしまったが、端的に言うと「自分の部屋が狭いためピアノが食卓代わりになっていた」のである。逆にピアノにとって非道い話だ。水濡れ厳禁なのに、味噌汁なんてこぼされたらたまったもんではない。

そしてベッドをピアノにくっつけて置くしかなかったため、離れることが物理的に不可能だったわけだが、離れたくなかったかのような表現をすることで、ピアノに礼を尽くした。売ってしまったことが後ろめたい。

　私のピアノはいわゆる普通の、黒いアップライトピアノだった。鍵盤（けんばん）の部分に蓋（ふた）をした状態で、ピアノ椅子に座って飯を食う。その姿を想像してみてほしい。クロスで磨き上げたピアノは鏡の役割を果たし、ひとりで食事をしているのに、自分自身とありえない近さで向かい合い、食事を見せられているような錯覚を起こすのだ。

　子持ちシシャモに頭から齧（かじ）り付いたり、とろろ蕎麦を啜（すす）ったりする自分を見るのは、思った以上にこたえる。ドッペルゲンガーを見たら死ぬと聞くが、見たら死にたくなるの間違いかもしれない。シンプルにモリモリ食べている私、特にその口元は奇怪で、じっと見ていると化け物にしか見えなくなってくる。

　テレビの食レポは口に含んで見せるショーだし、デートのディナーはデートそのものである。いずれも、ただ生きるためにエネルギーを摂取する姿とは異なる。たとえファミレスで熟年夫婦が一切の会話もなく「とんかつ定食」と「ねぎとろ丼」を食べていても、それはやはり、ひとりで昼ドラを見ながらスーパーで買った「ねぎとろ丼」を食べる食べ方とは同じでないはずだ。

ところで、先日『坂の途中の家』という連続ドラマの第一回目を鑑賞する機会に恵まれた。やけに大げさな言い方をするのは、それが映画館での舞台挨拶付き完成披露試写会だったからである。小さい子を持つ母親が裁判員制度の通知を受け取り、よりによって、我が子を殺した罪に問われる母親の裁判に関わっていく。どうしたって重たい話だ。映画館という完全なる静寂の中、異常に質の高い音響でもって「子供が寝静まったあとのあまりうまくいっていない夫婦の食卓」を観る。夫がビールのプルタブを持ち上げる小気味よい音。忙しいときはスーパーの総菜でもいいんだぞ、という夫のやさしい声。しかし向き合ったまま同時に食べ物を口に含めば、あとはひたすら咀嚼音が響くのみ。たとえきちんと口を閉じていても、粘度の高い無数の魑魅魍魎たちが濡れた洞窟でぶつかり合い、骨が砕けたり肉が飛び散ったりしているような音を耳が拾う。なにしろこちらは疑心暗鬼なので、不穏なイメージしか湧かないのである。

そのビールは勝手に冷蔵庫の中で増えないし、料理は作って当たり前じゃない。夫婦の食事って辛い。誰かの妻になれる気がしない。

しかし親子の食事も辛い。遊び歩いていつも帰りが深夜になる私は、家族と一緒に食卓を囲むことがほとんどなかった。それでも居間の椅子に座れば、とっくに夕飯を終え、風呂に入って髪を乾かし、ナイトクリームで顔をテラテラさせた母が向かいに座り、ご飯をよそったり納豆をかき混ぜたりする。私はテレビを見ないし、伝えたいことも何もないので、そこには冷蔵庫が低く唸る音しかない。そんな中、よりによってニチャニチャと納豆ごはんを咀嚼する私を、嬉しそうに見守っていられる親の愛ってすごいな、と戦いた。私は風呂に入ったあと、人の納豆をかき混ぜたりなどしたくない。人の親になれる気がしない。

そういうわけで、私はいつからか、もっともっと遅く帰って、ひっそり自室で食事を摂るようになった。

薄暗い食卓に、ラップをかけた炊き込みご飯と酢の物が「よかったら食べてください」のメモとともに用意されていることもあったし、コンビニでコロッケパンやハーゲンダッツアイスを買って帰ることもあったが、いずれも部屋に持ち込んで、ピアノの上で食べるようになったのだ。

この頃から徐々に、新井家のごはんが新米に切り替わったことや、今日の豚の生姜焼きはチューブの生姜ではなく、手ですり下ろした生姜を使っていることに気付くようになる。

食べ物の味に集中すると、何もかもが美味しくて、気付けば好き嫌いもなくなっていた。もちろん、仲間とワイワイ食べるのが楽しいときもある。だが、楽しいせいで、味わうことが二の次になってしまう。私はそれが嫌だった。みんなでサーティワンに行っても、バイバイしたあとにひとりでサーティワンに戻って、サーティワンを一からやり直したくなる。あんな風になんとなく食べ終えてしまうのなら、サーティワンじゃなくてもよかったのではないか、と思えてならない。

誕生日ケーキ代わりに母親が買ってきたサーティワンのバラエティパックも、やっぱり自室に持ち込んでピアノ椅子に座って食べた。ひとりで十二玉ぜんぶだ。

誕生日だからこそ、好きにさせてもらった。私の幸せを願うなら、ひとりにして欲しかった。

三十代後半になり、ようやくひとり暮らしを始めると、なぜとっととひとり暮らしをしなかったのかと泣いて悔やむほど、私という人間はひとり暮らしに向いていた。

どこへ逃げずとも、私の食事を邪魔する者はいない。誰かの咀嚼音を耳にねじ込まれることもないし、聞かれるという羞恥（しゅうち）にもだえることもない。解放されきった私は、部屋にいれば何かしらを食べ続けるようになり、いかに今まで我慢していたかを実感した。私は本当に、四六時中食べていたいほど食べることが好きだったのだ。

適宜ゲップも出せるし、骨付き肉の骨をチューチューガジガジして、腹ぺこの犬に投げても見向きもしなくなるほどエキスを吸い尽くすこともできる。夜中の三時にオムライスを作っても、目が覚めた五秒後にアイスを食べても、誰に言い訳する必要もない。お行儀を抜きにすれば、いいことずくめである。この小さな塒（ねぐら）で私は、魑魅魍魎を口内に飼い慣らす妖怪になったのだ。

そんな頃、私と良く似た妖怪がひょっこり視界に現れた。その感覚は、ドッペルゲンガーの時とはまるで違う。猫がテレビに映った猫から目が離せないように、ただ目が離せなかった。ウニャッニャ。

ふたりで食事をするようになった経緯は覚えていない。ただ、気が合う以上に、胃が合うことが印象的だった。「モンプチ」しか食べられない猫と、「モンプチ」でも猫まんまでも同じ勢いで頭を突っ込む猫とは、どうしたって仲良くはなれない。もちろん我々は、揃って後者だ。いい匂いがすれば、見境がない。

もう何度、一緒に食事をしただろう。彼女と違って、私は記録も記憶もしない。

それでも、確実にわかってきたことがある。

私は、誰かと食事をしているとき、その誰かにも自分と同じくらい、食事に集中してほしかっただけなのだ。同じようなタイミングで息を吐き、ゲフー、とはやらないが、一度くらいは目が合って、うまいね、うん、うまい、と無言で確認し合うくらいでコミュニケーションは十分だ。

こんな連載をするなんて、どれほどベタベタの仲良しなんだと思われるかもしれないが、食事をしているときは、大してお互い話を聞いていない。私も相当だが、彼女の聞いてなさっぷりには、時空が歪(ゆが)んだかと思えるほどだ。私がいることを忘れているような目をすることもある。

そして困ったことに、我々が会えば、ほとんど何かを食べている。なかなか会話ができない。

このエッセイでは、塊肉に興奮してうっかり聞き漏らした話や、パフェとの対話が忙しくてすっかり伝え忘れていた話を綴ってゆければと思っている。

ちはやん、よろしくね！

好きに食べて、
好きに生きて、
気にしない。

千早茜

Akane Chihaya

人との関係は食事からはじまることが多いように思う。

友情にしても恋愛にしても、相手を知りたいときはまず食事や飲みに誘うのが一般的なようだ。小説家という仕事のせいか、仕事の話の際も「一度、お茶かお食事でも」という感じで顔合わせをする。生活を共にしていない人との食事には「会いたい」とか「話したい」といった気持ちがもれなくついてきて、それらはときどき飲み物や食べ物の味をなくしてしまう。

私は食べることが好きだ。嗅(か)ぎ、歯や舌でもって味わい、料理人が意図した通りに熱いものは熱いうちに冷たいものは冷たいうちに食べたい。宴会なんかで挨拶や乾杯合戦が続くうちに刺身や生野菜が乾き、鍋が煮つまり、揚げ物の輝きが失われていくのが非常につらい。

いままで一番つらかった外食はテレビ撮影中の飲食で、アナウンサーの女性と喋りながらケーキを食べるというものだった。ケーキは選ばせてもらえた。いつもの習慣通り私は二個選んだが、いざ集中して食べようとすると「質問に答えてくださいとスタッフから指示が飛ぶ。自分の小説のインタビューだったので慎重に話していると「ケーキを食べてください」と言われる。ぱくり。「はいっ、目線ください。笑顔で感想を」「……おいしいです」チョコレート系を選んでしまったため、笑うとチョコまみれの前歯を晒してしまいそうでできない。「笑って」と追い打ちをかけてくる。アナウンサーの女性を見ると、切りやすく食べやすいフロマージュ系のムースをしずしずと食べている。なるほど、撮影のときはこういうケーキを選ぶべきなのかと思いつつ、そういう選択ってケーキに対する姿勢としてどうなのかと悩み、ますます混乱する。

結局、なにを選んでも一緒だった。あのときのケーキの味はまったく覚えていないから。ケーキに興味のない人々に囲まれ、指示されながら食べてもまったく美味しくない。ただただ虚しい食だった。ケーキにも職人さんにも失礼なことをした。もう二度とカメラの前で好物を食べないと心に誓った。

ケーキはひとりで食べるのが最良だ。私はメモを取り、一層一層確認しながら食べたいので、そんなときにケーキ以外の話題をふられても対応できない。しかし、人といて「ごめん、いまケーキ食べてるから」と話をさえぎるわけにもいかない。「ケーキと私（もしくは俺）どっちが大事なの!?」と面倒なことになるだろう。ならなくても、空気は悪くなる。

そんなとき、私はよくフロルのことを考えた。フロルとは萩尾望都（はぎおもと）の名作ＳＦ漫画『11人いる！』にでてくる可愛く勇敢な登場人物だ。私が持っている小学館文庫版には「スペース ストリート」という短いおまけ漫画がついていて、その中に「生きるべきか否か」という生存権について登場人物たちが語り合う回がある。極限状態において人肉を食べるか食べないかの議論になり、フロルが言う。

「オレは食わないだろな　でもそんな時だれかが食ったとしても気にしないよ」

いいやつだな、とフロルを好きになった。こんな友人がいたら気持ちがいいだろうなと思った。他人の人肉食いを気にしないフロルだ、私がケーキに集中するくらいなんでもないだろう。お互い好きに食べて、好きに生きて、気にしない。それが尊重というものではないか。

そうは思ってもフロルみたいなタイプはなかなかいない。自分がフロルみたいになればいいと思っても、「気にしない」という姿勢は「冷たい」と捉えられることも多く、誤解を生んだ。

そうして、数年が経ち、フロルのような人がふらっと現れた。

彼女は朝の京都駅でアイスを食べていた。日記をつけているので、それが二〇一四年の六月十四日だったことがわかる。当時は彼女のことを「三省堂の新井さん（黒ずくめ）」と書いていた。黒ずくめとは服のことで、それは五年経った今もあまり変わらないが、呼び名は「新井どん」になった。

その日、私は八時半の待ち合わせに数分遅れてしまった。東京の書店員の子たちが京都に観光にくるので、京都在住の私が案内をする予定だった。これからモーニングに行くというのに、新井どんは数メートル離れた場所で『中村藤吉本店』のほうじ茶アイスを食べていた。「ちょっと目を離した隙に買いにいっちゃって」と他の書店員の子が説明してくれたが、新井どんは「オレのことは気にしないでくれ」オーラ全開でアイスに集中していた。別に構わない、と思った。行きたいところがあればどこへでも案内するから好きなものを食べて楽しんでくれたらいい。あなたの休日、あなたの胃袋だ。充実してくれることこそが案内役の喜びだ、と口にはださず念を送った。通じたと思う、たぶん。

『イノダコーヒ』でモーニングをして、夕方まで三軒の甘味処と二軒の喫茶店に行き、かき氷、団子、ホットケーキ、卵サンド、ナポリタン、プリン、フレンチトーストなどを食べまくった。移動中も新井どんはふらっと姿を消し、ドーナツやジェラートを買い食いしていた。手に食べ物がなくなると、派手な色の炭酸飲料を自動販売機でがこがこと買って飲みだす。涼しい顔をしてもくもくと飲み食べしている。フロルの精神性を体現している、と目が離せなくなった。

新井どんとは面識があったし、飲み会などで一緒になることもあった。けれど、はじめて意識をしたのがその日だったのだろう。あれから五年、ふたりでしょっちゅう食事に行くようになった今も、私は彼女と食べたものを記録し続けている。これは私の癖のようなもので、気になった人間ができるとその言動を記録してしまう。もちろん誰にも見せない、私だけのメモだ。

新井どんとの食事は楽しい。いつかのイベントで彼女と自分のことを「餌場が同じ野良猫」と言ったことがある。食べたいものや食への姿勢が似ていて、気がついたら同じ食卓を囲んでいる。延々と食べ続けられる。非常に、胃が合う。

けれど、もちろん違うところもある。彼女がなにより愛するかき氷を私の胃腸は受けつけないし、彼女は私のように茶愛好家ではない（じわじわ布教しているが）。

それを大きく実感したのは、一緒に行った台湾旅行でだった。地元の人で混雑した夜市のまんなかで私はフリーズした。わからない言語、嗅いだことのない匂い、人に揉まれながら逃げ場を求めて空を見あげれば、昼間は明るく見えた南国の樹木が夜闇でおどろおどろしく風に揺れていた。赤いランプで照らされた屋台には見たことのない食べ物があふれている。肉か魚か野菜といった大まかな分類しかわからない。なんの肉で、どの部位で、どんな調理がされているのか見当もつかない。お腹は減っているのに、なにも口に入れる気にならなかった。

一方、新井どんは目をきらきらさせて路地に入ったり、店の人と日本語で威勢よくやりとりをして惣菜を買ったりしている。私はあらかじめ調べていた「戚風蛋糕（チーフェンダンガオ）」（シフォンケーキのようなもの）と果物を買ってホテルに退散した。部屋に着くとソファに丸まって旅ノートをひらき、夜市の光景を書き記した。

やがて、「食べた、食べた」と新井どんが戻ってきた。その頃にはだいぶ気分が落ち着いていたので茶を淹（い）れ、一緒におやつを食べた。自分はどうやら食べたいものしか食べられないようだと話した。つまりは知っているものや調べたものしか身体が受け入れない。しかし、彼女は「知らないものを食べたい」と言った。そこは大きな違いだ。

帰国してから、ふと思った。他人も未知の食材のようなものだ。自分とは違うその性質をすこしでも理解するために私は記録というかたちで言語化しようとしているのかもしれない。

そんなことを考えていると、パン大好き「小麦粉野郎」こと担当M嬢が「食いしん坊のふたりで食エッセイを書きませんか」と声をかけてくれた。ふたりで食べにいったものについて書くという内容で、いくつか場所と食べ物の案をだし合った。担当M嬢の提案は若干、小麦粉方面へと誘導する傾向があったが、まだ行っていない場所や食べていないものがたくさんあがり、二つ返事で引き受けてしまった。

どんなに近くにいても、何千回食事を共にしても、当たり前のことだが同じ人間になるわけではない。それでも、わずかずつ私は彼女に食われているし、私も彼女を食っている気がする。

同じものを食べながら、どれだけ見ている景色が違うのか、またはどこが同じなのか、似てくるのか、変わらないのか、書いていくうちに見えてくれば面白いのではないかと思っている。

そうそう、私はもう彼女がフロルでなくともまったく気にならない。

歌舞伎町ストリップ編

新井見枝香

Mieka Arai

自宅では全裸でごはんを食べている。わざわざ食べる前に脱ぐわけではなく、ひとり暮らしの部屋ではいつも、全裸なのだ。肌寒ければスープを、蒸し暑ければアイスを。汗ばんだらそのままシャワーを浴び、ろくに拭かないから身体が冷えて、寒い寒いと毛布に包(くる)まれば、全身でふわふわを感じられる。たっぷり食べる派の私は、消化のためにも胸部や腹部を圧迫しないほうがよいはずであり、結果的に全裸というスタイルを貫いているのであった。

と、もっともらしい理由を述べたが、私は服の脱ぎ着が苦手だ。たくし上げたストッキングの股がとんでもないところにズレるし、ブラジャーはストラップがねじれにねじれ、ズボンに足を通せば激しく転倒し、ワンピースのファスナーを上げれば肩を脱臼(だっきゅう)する。丸一日ジャケットのボタンを掛け違えている、という期待も決して裏切らない。もう服、着たくない。

私がストリップにハマったのは、全裸に対して大変良いイメージを抱いていることに加え、衣服を上手に脱ぎ着する踊り子に対し、尊敬の念を抱かずにはいられなかったからだと思うのだ。

ステージに現れた踊り子たちは、最初こそドレスや着物に身を包んでいるが、踊りながら一枚、袖に引っ込んではまた一枚と、なめらかに脱いでいく。さあさあ、これからが山場だよ！　音楽がスローなテンポに変わる。妖しげなライトに背中を照らされた踊り子が、魔法のようにスッと取り出したるは、ふわりと風に舞うランジェリー。透けるオーガンジーにたっぷりとしたフリルが付いて、裾は引き摺るほど長い。それをまた首にかけて両腕を通し、胸のあたりのホックを留める。せっかく脱いだのに、また着るのか。人間は生まれてから死ぬまで、脱いだり着たりをうんざりするほど繰り返すが、踊り子ほど脱いだり着たりする人生はないだろう。パジャマですら脱いだり着たりしない私とは、一生でどれだけ差がつくのだろうか。彼女たちには、来世で何かを免除してあげてほしい。

その日訪れたのは、新宿にあるストリップ劇場『ＤＸ歌舞伎町』だった。ちはやんとここに来るときは、新宿伊勢丹にあるジェラート屋で落ち合うのが決まりだ。先に着けば、相手を待つことなく食べる。たとえ遅れたって、今頃あいつはジェラートに夢中だろう、と思えば気が楽なのである。それでこそ、同じ餌場の野良猫同士だ。

ほとんどのストリップ劇場は、飲食物の持ち込みを断らないので、コンビニ袋を提げて入場する人も少なくない。持ち込んだ酒を客席で飲むこともできる。女ひとりで座っていると寂しげに映るのか、ほろ酔いのおじさんからおやつをもらうことも多かった。私の統計では、甘いもの率が異様に高い。バウムクーヘン、シュークリーム、大福、どら焼き、みたらしだんご、あんパン、クリームパン、アルフォート。どこのコンビニにも定番で置いてある、安心の甘味だ。シャバに出てきたばかりのおじさんが、口に入れた途端涙しそうなラインナップである。

しかしここで注目すべきは、誰もポップコーンを食べていないという点だ。同じ劇場なのに、なぜ映画館では何の迷いもなくポップコーンなのか。ストリップ劇場では、食べている人など見たこともない。

一粒ずつつまんでは口に入れたり入れ損なったりして、指と床を汚しながら二時間かけて食べきるのがポップコーンの正しい食べ方だ。なかなか減らないことに加え、咀嚼音も微(かす)かで、腹を満たしすぎないところも、お供として好まれる理由だろう。

映画もストリップも、観客はじっと椅子に座って、基本的には静かにしている。スクリーンやステージから、一時も目を離せないのは同じである。場内は禁煙で、口寂しいのも同じだ。しかし、決定的に違うことがある。

映画のスクリーンに映った俳優は、ここにいない。ともすれば、この世にいない。でも踊り子はここにいて、観客と同じ空気を吸っている。基本的にストリップの劇場は狭く、学校の教室ほどしかない。黒板の前に立つ先生が、授業中にポップコーンをつまむ生徒に気付かないわけがないではないか。おやつを食べるという行為は、見られているか見られていないかで、食べるものも食べ方も大きく変わるものなのである。シネコンやディズニーリゾートをイメージさせるポップコーンの陽気さは、それを食べていない人間からの直視に耐えない部類のおやつなのであった。

私の定番「ストおや」は、最寄りのコンビニで買い求めたエナジードリンク、干し梅、または種抜きカリカリ梅、ハイチュウだ。ストイックでスマートである。

だが、ちはやんは紙袋の中から、次々と美味しいお菓子を取り出す。私の好物ばかりを集めて、お食べお食べと、勧めてくる。パティスリーの日持ちしないフィナンシェとか、保冷剤が付いたマカロンとか、東京では買えない銘菓だったり、輸入もののオーガニックなドライフルーツだったりする。グミですら、名門「ハリボー」だ。本当は家に持ち帰って茶を淹れ、わざわざ皿に載せて食べたいものばかり。場内でスマホを出せばスタッフが飛んでくるから、写真に納めることもできない。おぉ、まさかのポップコーンか！　と思ったタッパーには、ナチュラルチーズをポップさせた「チーズポップ」が詰まっていた。リッチすぎて一粒も落とせやしない！　ホコリっぽい地下で、穴ぼこだらけの椅子に座って食べるような代物ではないだろう。私はそのチグハグが、ちょっと恥ずかしい。粋（いき）ではない、と感じる。ねぇ、誰もこんな上等なものを食べていないよ。踊り子が見て笑っているよ。運動会のビニールシートに広げたお重の中身が、いなり寿司ではなく握り寿司で、大好物のいくらの軍艦巻きまであって嬉しいんだけどそれここで食べるものじゃないし、ものすごく可愛がられている子供みたいで恥ずかしい、的な恥ずかしさ。手が汚れたらサッと手渡してくれるウェットティッシュも恥ずかしいし、ゴミを受け取ってくれるのも恥ずかしい。

　楽屋で踊り子たちは、ファンが差し入れをした果物や寿司を食べているようだが、それは彼女たちがステージに立つ人だからだ。踊り子には、常にご馳走を口にしていて欲しいと思う。だが、その差し入れをしたファンは、客席で同じ『今半（いまはん）』のすき焼き弁当や、パワーフードまみれのサラダボウルを食べたりはしない。リボンを投げたりタンバリンを叩いたりと忙しいので、合間にコッペパンを三口くらいで平らげたりする。彼らはそれでいいのだ。粋だな、と思う。それに比べて私は、踊りもせず、ただ椅子に座っているだけで、ちはやんからあれも食えこれもどうだと、ご馳走を与えられているのである。

ちはやんは、誰彼構わずそういうことをする人ではない。それは本能でわかる。だから、頑固な爺ちゃんが唯一甘い顔を見せる猫にでもなった気分なのだ。そりゃ嬉しいし、得意にもなるのだが、野性を忘れてされるがままになった自分に、これでいいのか、と問い詰めたくもなる。私には神様がいないので、人生において「バチが当たる」という発想はないが、「恥ずかしい」という感覚は、何もかもが恥ずかしかった子供の頃と変わらずにあるのだった。誰に対してかといえば、もちろん神様にではなく、ちはやんにでもない。私は他のお客さんや踊り子に対して、そして自分自身に対して粋でありたいと思っているのだった。思っている時点で粋じゃないのだが、そこは気付かなかったことにしてほしい。

それでも、となりに彼女がいるストリップは喉を鳴らすほど楽しい。大好きなものは独り占めしたい、欲張りでケチな私が、彼女にもっとストリップを好きになってもらおうと、饒舌になっていることが可笑しい。

私はなんだって平気だし、どう思われたっていい。自分はそんな風に生きていると思っていたが、彼女が側にいると、あれあたしったらけっこう「かっこつけ」で「気にしい」なんだわ、と気付かされる。

こうして付き合いを続けていくうちに、がちがちだった重装備が、だいぶ薄着になっていた。脱ぐのはやっぱり苦手で、いきなりスカートをパンツごと下ろしたり、靴を脱いだら臭かったりするのだが、今のところ彼女は、全く気にするそぶりを見せない。脱いだ服はきれいに畳まれている。

一緒に観る。でも、
それぞれに味わう。

千早　茜
Akane Chihaya

新宿といえば、伊勢丹だった。

デパ地下ことデパート地下階の食料品売り場は、十本の指に入る好きな場所だが、数ある中でも新宿伊勢丹のデパ地下が一番魅惑的だ。菓子類の品揃えがいい。全国の銘菓から海外のショコラ、有名パティスリー、流行りや季節限定の商品……もう目が泳ぐ泳ぐ。菓子と茶のフロアを酔ったように歩き、気がつけば両手は紙袋でいっぱい。それどころか、新宿伊勢丹は服も靴も香水も素晴らしいラインナップなのだ。金を落とさずには出られない魔の神殿。伊勢丹ファン仲間と「お伊勢丹参り」と呼んで畏れ奉っているのが新宿伊勢丹だった。

そんな新宿伊勢丹が、去年から新井どんとの待ち合わせ場所になっている。本館地下一階の『プレミアム　マリオジェラテリア』。椅子を並べただけのイートインコーナーで、先についたほうはジェラートを食べながら待つ。私はダブル、アイスやかき氷を愛する新井どんはいつもトリプルで、フロマージュ系に目がない。開店したばかりの館内は比較的すいていて、朝からジェラートを食べている人は少ないので、遠くからでも黙々とカップを掘る新井どんの姿がよく見える。だいたい近づくまで気がつかない。気づくと、「おー」と一瞬ジェラートから顔をあげる。ろくに挨拶もせず、「なに食べてる？」「えーとね、○○と△△と□□。○○うまいわ」「うん、買ってくる」とジェラートを選び、並んで食べる。食べ終えると、伊勢丹を抜ける。

そう、通過してしまうのだ、魅惑のお伊勢丹を。

購買欲に背を向けて、目指すは歌舞伎町。人よりもゴミをあさるカラスが多い、眠りについたばかりの朝の繁華街を歩いてストリップに行く。その日は『DX歌舞伎町』という、六月末で閉館してしまうストリップ劇場の最終公演の初日だった。我々は『デラカブ』と呼んでいた。「本日初日」と赤いペンキで書かれたボロボロの木の看板が道にぽつんと置いてある。地下へと続く階段は、出演ストリップ嬢の名前が入った祝い花で埋めつくされている。

雑居ビルの地下にあるストリップ劇場を新井どんはときどき「小屋」と言う。私には馴染みがない言葉だ。一緒にストリップに行っているが、我々の入り口は違う。彼女は「師匠」こと小説家・桜木紫乃(さくらぎしの)の影響でストリップを観るようになったし、私は講談師の神田松之丞(かんだまつのじょう)（現・伯山(はくざん)）がラジオで絶賛していた踊り子に惹かれて通うようになった。

その日は最終公演だけあって、いつもは五人か六人の出演嬢が八人だった。しかも、メンバーが豪華。たいていの劇場は入れ替え制ではない。途中に休憩を挟まず、昼前から夜の十一時くらいまで延々とやっている。最後の踊り子が終わり、出演者によるフィナーレがあるとき、一番手の踊り子はでてこないことがある。フィナーレの後にすぐ次の回がはじまるからだ。それくらいきつきつで進行する。踊り子は大変だ。けれど、観るほうも大変だ。暗い中でも片手で持てる食べ物や飲み物を持ち込んで、布が裂け綿もスプリングも飛びだした椅子とはいえない椅子に身を縮めてステージを見守り続ける。踊り子によっては回ごとに違う踊りをする。小道具を自分で設置し、脱ぐ衣装も下着も違う。踊りに付随する物語や世界観が演目によってがらりと変わる。好きな踊り子の違う顔が見られるのだ。それは見たい。見逃してなるものか、と煌びやかなステージに食いつく。

ストリップ鑑賞は一日仕事だ。魅惑のお伊勢丹で買い物をしている暇はない。デパ地下も洋服も泣く泣く諦め、午前のうちに劇場に入って良い席を確保して、日が暮れるまで踊り子たちのめくるめく姿を眺める。自分のイベントに遅刻しそうなときですら決して走ろうとしない新井どんが、ストリップ劇場だけは早足で向かう。時間を気にする。「見逃したくない」と横顔に書いてある。劇場内は絶対の撮影禁止。彼女たちの踊りは記録されず、ＤＶＤ化されることもなく、観客が目に焼きつけることでしか残らない。肌に浮く汗、足首に巻きつけられた紐パン、変化していく身体の線、顔にかかる一筋の髪、音楽の中で放たれる一瞬の輝きを、見られるのはこの劇場にいる人間だけだという特別感に恍惚となる。

そんな中、ふと横を見ると、ステージを凝視する新井どんの顔がなにやらおかしい。二度見する。

……青い！　目の下なんかもうドス黒くなっている。

空腹時の人間の反応はさまざまだ。苛々（いらいら）する人が多いと思われがちだが、省エネの私は眠くなる。新井どんは血の気がひいて青くなる。よくかき氷をはしごした新井どんに「藤木クン、クチビルアオイヨ」と『ちびまる子ちゃん』の永沢（ながさわ）の真似をしてみせるのだが、そんな冗談を言えるようなレベルの顔色ではない。ヤバいヤバいヤバいと頭の中で警報が鳴り響く。

「ハラヘッタ……」と、ぼそりとつぶやく新井どん。いや、見ればわかるよ、と思うが、明らかにエネルギーが枯渇しきった様子に突っ込むこともはばかられる。ちなみに、新井どんは酔って眠くなると鼻が白くなる。本当にわかりやすいのだ。

私は長女だ。両親が共働きだったせいで、妹の面倒は私がみるようにと言われて育った。刷り込まれたといっていい。目を離した隙に妹が転んで怪我をすれば怒られたし、夜中に妹が吐けば隣で寝ている私が介抱した。そのせいで私は傍にいる人間になにかあると、対処しなくてはいけない気持ちになってしまう。新井どんが青くなっていると、「なんてことをしてしまったんだ！」と我がことのように焦る（もちろん顔にはださず）。新井どんはもういい歳の大人だというのに。

ここで、その日出演する踊り子たちの傾向をつかんでいたら、タイミングをみて外出する。必ず行くのが『タカノフルーツパーラー新宿本店』、季節のパフェで糖分を補給し、白い店内で目を休ませる。ただ、休日や夏場は混んでいることが多い。なるべく早く劇場に戻らねばならないので並ぶ時間はない。

そういうとき、私は「そこらへんのもの」で食欲を満たすことができない。できる人を否定するわけではない。生き方の違いだ。私はどんなときでも、できるだけ、食べたいものを食べたいのだ。これはもう私という人間の尊厳に関わる問題で、食べたいものがなければいっそ飢えたままでいたい。だから、いつも小腹を満たす好物を持ち歩いている。バッグの底には『虎屋』の小形羊羹がひそんでいるし、「ジャワティホワイト」は箱買いしてストックしてある（自動販売機にないことが多いので）。

そして、新宿の場合、実は私はズルをしている。待ち合わせ場所がデパ地下のジェラート屋なのをいいことに、先にこっそり同階の菓子売り場を物色しているのだ。時間にして十分か十五分、ポップアップストアで食べたことのないパティスリーの焼き菓子を買い、狙っていたクッキー缶とチョコレートをゲットし、饅頭やマカロンやキャラメルを食指が動くままに求める。なるべく無駄のない動線で菓子を買いあさり、まるでいま伊勢丹に到着したかのような顔でジェラートに興じる新井どんの横に座る。

それらはすべて自分が食べたいと思ったものだ。人にあげて恥ずかしいものではない。私は自分が「そこらへんのもの」で腹を満たすのを良しとしないのと同じくらい、人には「これはあなたに食べてもらいたいのだ」というものしかあげたくない。胃や舌の合う新井どんならばなおさらだ。だから、新井どんが青くなりかけると、「よしきた！」とばかりにどんどん菓子を手渡す。ズルをして伊勢丹を楽しんでしまった後ろめたさもあって、新井どんの好きそうなものも用意してある。彼女の好きなものは豆とチーズとグミとマンゴーと琥珀糖と鶏皮と……わかりやすいのでリストはどんどん増えていく。

『デラカブ』の最終公演はあまりに濃くて、あまりに豪華で、手持ちの菓子では胃袋を埋められそうもなく外出した。座っているだけなのに不思議なくらいお腹が減るのだ。一回目の外出では牛タンを食べ、ふたりとも麦飯をどんぶり二杯、水のようにかき込んだ。二回目は『タカノフルーツパーラー』で、私は桃とさくらんぼのパフェ、新井どんは無花果のパフェをうっとりと食べた。炭水化物と糖分を摂取すると、ようやく落ち着いてステージを眺められた。菓子をひょいひょいと食べながら最後の回まで観た。

ふたり並んで人の裸を見ることに、最初から抵抗はなかった。踊り子たちの裸は、裸であって裸ではないから。彼女たちの裸はもうそれ自体がダンスであって、表現で、魅せる裸だから。ただ脱いだだけでは美しくはならないことを、私は自分の身体で知っている。けれど、ストリップに通うようになって、踊り子たちの身体がひとつとして同じではないことに気づいた。どんな身体も見せ方があり、どれも美しい。美はひとつではない。鍛えられた腹筋も、傷痕も、肉のたるみも、浮きでたあばらも、なんて輝いているのだろう、と踊り子たちの笑顔を見て涙がでそうになった。

階段をのぼって地上に出れば、もうすっかり夜で、歌舞伎町はネオンの光と喧騒でぎらぎらしている。「なんか食べにいこう」と歩きだす足取りは朝とはまったく違ってすごく軽い。踊り子のようにステップを踏んで、ピンヒールをつかんで脚をあげたくなってしまう。実際にエレベーターの中でやってみて、よろけながら大笑いする。お伊勢丹への未練はなくなっている。新しい服を買えなくても、一日中座りっぱなしで尻が痛くても、今夜くらいは自分の身体を愛せるような気がする。そんな肯定をストリップは与えてくれる。

ゴールデン街の韓国料理屋で乾杯をして、肉を焼き、キムチを齧り、辛いチゲをすすった。ストリップ鑑賞後はいつもより小食になる。食いしん坊の我々でも、胸がいっぱいで入らない、ということはあるのだ。いい一日だったな、と頷き合う。『デラカブ』はなくなってしまうけれど、穴ぼこだらけの椅子も、座るとドアに膝がぶつかる狭いトイレも、梁や配管がむきだしの天井も、この人はきっと覚えているだろう。ひとりじゃない。黙々と豚足を骨にしていく新井どんを眺めながら、さみしいけれど少し安堵する。

私はホテルに、新井どんは家へ、「じゃあ」と別れる。部屋に入るなり、衣類を脱ぎ捨ててヒールひとつでぎこちなく回転してみる。脚をあげ姿見と目が合うと、いまごろ新井どんもすっぽんぽんなんだろうな、と可笑しくなった。

銀座パフェめぐり編

新井見枝香

Mieka Arai

京都の常宿は河原町駅からすぐの「G」というホテルだ。この辺りは鴨川も近く、夜中はナンパがすごい。毎度、まんざらじゃないのう、と足早に通りを抜ける。いつかはその先の鴨川で、土手に座って道ならぬ恋なんかを燃え上がらせたいものである。

こうして毎月のように京都へ行くのは、ちはやんと遊ぶためだが、基本的には私が好きなバンドの大阪や名古屋でのＬＩＶＥに合わせて、ついでと言っちゃなんだが、足をのばしている。たいてい朝から晩まで狂ったように遊びまくるが、ＬＩＶＥの間だけは別行動で、それがなんだか私にとってはちょうどいいあんばいなのだ。追っかけても追っかけても実らない、ボーカルへの恋につらくなったときは、おまえなんかちはやんのついでじゃー、と悪態もつける。そしてそれは、まんざら嘘でもなくなってきている。

夜はまた合流してご飯を食べ、明日も会うというのに、洒落たバーでしっとりとお酒を飲んだりもする。

だが、家に泊まったのは、去年の大晦日から元旦の一度だけだ。空が白むまで飲んでは食べ、おせちに箸を伸ばす口実を作るように、ダイニングの椅子でちょこっと寝落ちした。きちんと夜具（やぐ）を用意してくれていたようでかたじけないが、拙者には椅子でじゅうぶんである。武士なので。

　人の家に泊まる、ということがどうも苦手なのだ。風呂を借りてパジャマに着替えたらもう、逃げ場がない。丸腰だ。好きで一緒にいるのだが、常に「よーいドン」で逃げられる態勢をとっておきたい。いつだって逃げたくなる瞬間は唐突に、刺客のように容赦なくやってくるのだから。

　ちはやんが東京に来たその日は、パフェ評論家の斧屋（おのや）さんと銀座でパフェめぐりをする予定だった。私と斧屋さんは『東京パフェ学』の刊行記念イベントからの付き合いで、仕事っぷりも面白いし、わりと気が合うほうだとは思う。とはいえ、なにしろ全ての愛がパフェに向いて揺らがないため、どうも斧屋さん本人に愛情を注ぐ気になれない。見返りを期待して人を愛するわけではないが、彼は常にパフェしか見ておらず、「パフェが一番エライ」と公言している。私とパフェとどっちが……なんて愚問中の愚問だろう。それならパフェを斧屋さんだと思って愛したほうが合理的ではないか。パフェは美味しいし、斧屋さんもうれしい。

　一方ちはやんは、彼のそういう一途な研究者体質にときめきを感じるらしく、斧屋さんのことを、まるで桃パフェか何かのように、うっとりと「パフェ先生……」と呼ぶ。あの人、本当にパフェなんじゃなかろうか。ちはやんは斧屋さんに出会ってからというもの、「先生の弟子になりたい」と今まで以上にパフェを食べ歩き、独自にパフェ学を深め続けている。彼女は記録魔であり、食べたパフェは必ず、構成要素をイラスト入りでノートに記していた。斧屋さんも、ＳＮＳに投稿する写真は必ず、パフェの層がしっかり見える構図で撮影している。そんな彼らと、食べたそばから食べたことを忘れる私とでは、そもそもパフェに対する姿勢が違うのだ。

　銀座はパフェの街である。老舗(しにせ)のフルーツパーラーがあり、名門ショコラティエやパリ創業の老舗パティスリーも揃い、〆(シメ)には夜景の見えるビストロで夜パフェが楽しめる。パフェを食べ歩くだけとはいえ、そのおかしなテンションのふたりがいれば、ただの食いだおれツアーにはなりそうもない。

　パフェ先生からパフェの資料が配られ、パフェの歴史をひもとく講義を受けながら、パフェの到着を待つ。パフェがテーブルに置かれたら、言葉少なにそれぞれのパフェと向き合う。そしてちはやんは熱心にパフェの詳細を記録し、何やら唸(うな)りながら頷いたり首を捻(ひね)ったりしている先生に質問をして、ありがたい言葉をいただけば、それをまたノートに書き留める。そんな調子で、三本のパフェを異様な集中力でもって食べ歩いたせいだろう。三軒目の店を出たときに、サッと奴が視界の隅を横切った。ついに来たか。私は今すぐ、この場を逃げ出したい。もう「よーいドン」しちゃう五秒前である。しかし、このタイミングで逃げ出せば、たいてい場が凍る。何か気にくわないことでもあったのか。それとも腹の具合でも悪いのか。全くそんなことはない。この気分は、誰のせいでもないのだ。ひとことで言うなら、「Enough!（イナフ）」である。翻訳すると、こうだ。「楽しい、がじゅうぶんすぎてこわい！」あんまり楽しい人生を送ってこなかったせいか、楽しい気分になりすぎると、刺客が斬り掛かってくるのだ。「楽しすぎる」から逃げないと、拙者は死ぬ！

ちょうど、次の店の予約までには三十分ほど時間があった。すかさずちはやんは、三越の地下で〈半熟煮玉子おむすび〉を買い、ベンチで頬ばり始める。彼女にはパフェとパフェの間に米を挟みたがる傾向があるのだ。さすがに斧屋さんも、塩気が欲しい頃なのでは。しかし彼は、洋菓子屋でカップタイプのパフェを見つけ、その場で食べ始めていた。パフェにイナフはないようだ。

気を使うのがばかばかしくなったので、ちょっと出掛けてくる、と行き先も告げずにデパ地下を後にした。

そして三十分後、束の間の逃亡劇を終えた私は、何事もなかったかのように三越へ戻る。どこへ行き何をしていたのか。それは秘密である。まぁ、別に大したことではない。そして、見事にふたりとも、何も尋ねてこなかった。人によっては、その無関心とも取れる対応に不満を感じるかもしれないが、私にはとても心地よかった。ちょっとした、秘密とも呼べない秘密を持つことは、対人関係を続けるにおいて、欠かせない息継ぎなのだ。

だが、これがなかなか理解されない。なぜ秘密にするのか。全てをさらけ出してくれないのか。水くさいじゃないか、と。しかし恋人でも親でも、何もかも見せて、何もかも知っているという状態は、息苦しくて御免被りたい。だから、大した意味もない秘密を尊重してくれるちはやんは、本当に得難い存在なのである。もちろん彼女が、私の全てを知ってよ、と迫ってくることもない。踏み込んだ途端、私が「よーいドン」、もしくは抜刀することがわかるのだろう。

『ラデュレ』のサロン・ド・テの、マリー・アントワネット的煌びやかな店内で、恭しく注がれた紅茶を飲むのも忘れ、相変わらずちはやんはパフェ先生の知識や考察に感銘を受けている。私の話など、ろくに聞いていやしない。しかしそういう私も、四本目のパフェで腹が満たされ、瀟洒な布張りの椅子で船を漕いでしまった。まさかの『ラデュレ』で武士が寝落ち。不覚。しばらくしてシエスタから目覚めれば、今度は先生がボールペンでお絵描きをしている。むっつりと黙って、写真に撮った大好物のパフェを写生しているのだ。これがおむすびだったら山下清である。

身勝手な大人たちの、集いとも呼べぬ集い。だがこれは、れっきとしたお仕事なのであった。斧屋さんはパフェ評論家として私たちのガイドを、ちはやんと私はエッセイのための取材をしているのである。

ところで私の京都の常宿だが、先に述べたように、立地は良い。しかしバストイレは共用だ。おまけに、チェックインが遅い私は、いつもベッドが上段しか空いていない。つまりそこは、酔って鉄の梯子(はしご)をよじ登り、ごく小さな穴ぐらに這いつくばってインする、激安カプセルホテルなのだった。

こういった健気な努力による遠距離友情で、このエッセイは成り立っているのである。私が京都へ通うのも、言うなればこのエッセイのためなのだ。その日のことをそのまま書かなくとも、積み上げた友情が根幹にあるからこそ、エッセイに深みが生まれるのである。しかし今のところ、出版社から旅のお小遣いをもらえる気配はない。仕事にしてはいかんせん「楽しすぎる」からか。

確かに、これで会社から交通費でも支給されたら、出張手当で地方妻に会いに行くような後ろめたさに悩まされそうではある。待ち合わせは鴨川の土手、みたいな。

みんな勝手気ままにしていた。
ちょうど良い空気感だった。

千早 茜

Akane Chihaya

私は記録魔だ。日記は二歳の頃からつけているし、日記とは別に映画ノートや執筆用メモなんかもある。最近はスマホのメモも活用しているが、常に持ち歩いているのは黒表紙に無地の「モレスキン」で、打ち合わせの記録を主につけている。編集者から「黒革の手帖」と恐れられたことがある。おお、銀座回にぴったりの出だしではないか。

最近、その「黒革の手帖」にパフェの記録が下手くそな絵入りで加わるようになった。最近と書いたが、記録を取っている私はそれが何日からかページをめくればすぐにわかる。それは二〇一九年の七月二十一日、初めてパフェ評論家である斧屋さんとパフェをご一緒した日からだ。目白の『カフェ クーポラ メジロ』のチョコレートパフェと桃パフェの絵と共に、斧屋さんがパフェについて語った言葉が書きつけられている。斧屋さんはモーニングを食べ、今年二三四本目（この「個」ではない「本」カウントは『タカノフルーツパーラー』に倣って（なら）だそう）だという桃パフェを、時間をかけて食した。もちろん、私がパフェを食べたのはこの日が初めてではない。けれど、作り手の意図を考えながら食べるべき菓子だと強く認識させられたのはこの日で、それ以来ずっとパフェは記録をつけながら食べているし、斧屋さんのことは「パフェ先生」と敬っている。

この日のパフェ体験は大きな衝撃だったのだが、それはまた違う媒体で書こうと思う。このエッセイでは、相棒である新井どんについて触れたい。パフェの記録と同じように新井どんの記録も日記とは別につけている。こんなことを書いたら彼女に気持ち悪がられそうだが、新井どんだけでなく興味深い人間に出会うと、私はひたすら記録を取る癖がある。

新井どんがちょくちょく京都にやってくるようになったのは去年の春くらいから。好きなバンドのライブが大阪や名古屋であると、すこし足をのばして京都に寄ってくれるようになった。私が名古屋に行ったこともある。モーニングの喫茶店からはじまり、息つく間もなく飲食店をはしごする。もちろん「胃が合う」から。こんなにも同じペースで食べ続けられる人は他にいない。

ただ、それだけだったら私はわざわざ記録はつけなかっただろう。いままでパフェを食べてきても瞬間の美味で終わらせてきたように、瞬間の楽しさで新井どんとの時間を終えたと思う。もちろん、それでも充分だ。私はわりと単独行動を好むので、人と一緒にいて瞬間の楽しさを得られることは稀(まれ)なのだから。けれど、私は「おもしろい」と思ったのだ。食べ物の向こうにいる新井どんのことを。

人の記録にはルールがある。まず、決して暴いてはいけない。その人が見せてくれる顔や言動を文字にするだけで、こういう人間だろうと予測をたてることも、話してくれないことを探ることもしてはいけない。自分の意図が絡んできたら、もうそれは記録ではないから。ありのままのその人を観察する。同時に、そばにいることを「許されている」のだと忘れないようにする。人が人といるのは当たり前ではない。

　初めて、日記とは別に新井どん単体の記録が登場したのは二〇一八年八月二十二日、新井どんが京都にきた日だった。私は徹夜で仕事をしていたため、朝、京都駅に迎えに行けなかった。新井どんには駅からバスに乗るように言って、四条（しじょう）河原町で待ち合わせをした。時間通りに待ち合わせ場所に行くと、メッセージが届いた。ずっと七条を走っていると書いてある。北へのバスに乗らなくてはいけないのに、西へ西へと行くバスに乗っていた。通過した停留所の名を聞き、スマホで調べ、西大路四条（にしおおじ）で降りて阪急西院（さいいん）駅から電車に乗れ、と路線案内図を添付する。待つ間にデパ地下を冷やかして、そろそろかな、という頃に改札へ行った。知らない街で不安になっただろうな、と思いながら、やってくる人たちを眺めていると、黒ずくめの女がうきうきとした足取りで歩いてきた。私に気づいても走ろうともしないし、時間に遅れて申し訳ないという顔もしない。改札を抜けると、さっぱりした顔で笑って「ああ、おもしろかった」と言った。想定外だった。びっくりして「そりゃ良かったよ」としか言えなかった。その日は桶でだしてくれる鰻屋に行き、喫茶店をはしごして、アイスクリームを食べた。暑い日で、ライブに行く新井どんと別れると、帰ってばったりと眠った。

今や、新井どんは京都にすっかり慣れて、どこへだって迷わずに行ける（たぶん）。あの日、バスを間違えたのは、駅を出て一番目にきたバスに行き先も確認せず乗ったからしい。京都駅のバス乗り場は広大だ、おまけにバスの路線の複雑さでは有名な街だ。なぜ行き先を確認しなかったのかまったくわからない。私は行き先を確認せずにバスに乗ったことなどない。どうにでもなるさ、と彼女は思っていて、だいたいなんとかなる。予定通りにいかないことに焦ったりしない。それは自分のことだけでなく、人のことにも同じスタンスだ。

今年の春に台湾旅行をしたとき、最終日は別行動をした。私はどうしても行きたい茶藝館があって、けっこう遠い場所だったのに無理をした。そのせいでホテルのチェックアウトをして空港に行くのがぎりぎりになった。おまけに空港に向かうタクシーの中で旅行ノートを忘れたことに気がついた。「ちはやんのメモだ。引き返そう」と新井どんは迷いなく言い、チップを渡してホテルに引き返してもらったら、旅行ノートは忘れておらずタクシーの後部座席の足元に落ちていたという最悪の落ちだった。ああ、友情が終わった……と思った。言葉の通じないタクシーの運転手ですら呆れている。けれど、新井どんは大笑いして「おお、良かったな。さあ、空港に行こう」と言った。ドタバタは続くもので、飛行機が遅れ、特急成田エクスプレスも遅れ、東京駅に着いたとき、京都へ向かう最終の新幹線の発車時刻まで十分ほどしかなかった。私はトランクの他にお土産も大量に持っていて、総武線のホームから東海道新幹線乗り場まで走ることはおろか迷わず行ける気がしなかった。泊まりか深夜バスを覚悟したが、新井どんは私の荷物を半分持つと走りはじめた。人の間を抜け、最短距離を選んでどんどん行く。私はトランクを抱えて後をついていけば良かった。障害物競走みたいなのがだんだん可笑しくなってきて、笑いを噛み殺しながら走った。結果的に最終の新幹線には間に合った。改札で慌ただしく別れて、座席に腰を下ろすと、メッセージがきた。「ああ、愉快な旅だった」と書いてあった。あんなに迷惑をかけたのに。

ミスをしたほうがひたすら謝り、それで許してもらっても、マイナスをゼロにすることはできるかもしれないがプラスにはならない。だったら謝る前に、起きてしまったその状況を楽しく乗り越えるほうがいい。わかってはいても、つい相手の顔色をうかがい、人は謝ってしまう。

パフェ先生も、パフェについてのトークで同じようなことを話していた。パフェの提供が遅くなったとき、店側に「お待たせして申し訳ありません」と謝られると楽しくなくなってしまう。愛するパフェを待つ覚悟はできている。だってパフェに会いにきたのだから。パフェはエンターテインメントなのだそうだ。だから「お待たせしました！さあ、どうぞ！」と楽しく持ってきて欲しい。

新井どんとの関係もエンターテインメント感がある。我々には各々のしんどさや悩みや秘密があるけれど、それをすべて共有しようとはしないから。一緒にいるその時間をめいっぱい楽しむ。それでいいと互いに思っている気がするし、湿っぽいのは苦手だ。まあ、新井どんはかなり規格外の人間ではあるから、彼女が本当はなにを思っているのかは知りようがないのだけれど。

パフェ先生と新井どんは以前からの知り合いだった。しかし、パフェの食べ歩きをすることになり三人で打ち合わせをしたときも、仲が良いのか判断できなかった。頼んだパフェがやってくると二人ともパフェのことしか話さなくなるから。私もパフェとパフェ先生しか目に入らなくなる。

新井どんも私も飲み会が苦手だ。というか、不特定多数の人と飲み食いするのが楽しいと思えない。偶然にも、パフェ先生も同じタイプだった。だから、三人でいてもそれぞれでパフェに向き合える最高の面子だった。無理に会話をしなくてもいい。とてもありがたい。

とはいえ、打ち合わせはしなくてはいけない。パフェ先生によると、銀座はパフェの街だそうだ。レストランのパフェ、フルーツパーラー系、ショコラティエ系、パティシエ系、『資生堂パーラー』や『和光ティーサロン』といった老舗サロン系、着物ブランドがやっているパフェやビストロの締めパフェなどの変わり種と、様々なジャンルのパフェが集まっている。そこから五つの店を選んだ。私とパフェ先生が相談し、私がメモを取る間、新井どんはほとんど口を挟まなかった。彼女はそういうところがある。三人以上、人がいると口数が減るのだ。まあ、オレが喋らなくてもいいだろう、という顔をしている。「パフェに失礼のないように正装で行きましょう」とパフェ先生が言って解散になった。

当日、私は『タカノフルーツパーラー』と『LOFT』のコラボ商品の「フルーツネイルシール」で爪を飾り、お気に入りのワンピースで銀座へと赴いた。店の前で待っていると、黒ずくめの新井どんが銀髪を輝かせてやってきた。SM用品の店で買った首輪をしている。「え」と言うと、「オレが一番好きな格好がオレの正装だ」とにやりとした。パフェ先生は身体を斜めにして現れた。指には絆創膏。前日に自転車で転んだそうで、半身がまだ痛いのだと言う。大丈夫か……と不安になる。

一軒目はレストラン『エール』、コース料理のフレンチだ。前菜で野菜を二十種使ったパフェがでる。私はサラダが嫌いだ。野菜が嫌いというわけではなく、腹の足しにならないすかすかした葉野菜に金を使いたくない。なので、あまり期待をしていなかったが、これがとても美味しかった。ラタトゥイユのアイスに紫人参のジュレ、茸のマリネ、燻製されたマス、焼き茄子、根菜のグリルなどがグラスの中にみっしりと詰まっている。パフェ先生が「これはパフェ仕立てとは違う、ちゃんと考えられたパフェだ」と唸る。頷いたり、長考に入ったりしながら、パフェとの対話に没頭する。私と新井どんはというと、「はにゃー」「うまーい」とジュースの入ったワイングラスをぐるぐるしながらアホっぽく美味に溶けていた。パフェだけでなく魚料理も肉料理も美味しかったのだ。フォアグラやバターもなめらかで、新井どんはパンをお代わりしまくっていた。思えば、コース料理を一緒に食べたのは初めてで、真っ白なクロスや丁寧な接客にすっかり浮かれてしまった。しかも、銀座だ。銀座って、もう名前だけで人を良い気持ちにさせてくれる街だと思う。デザートまで食べて、皆、しばし放心する。

二軒目はフルーツパーラー系の『銀座千疋屋』、平日だというのに満席だ。〈銀座パフェ〉が有名らしいが、新井どんはマロンクリームと秋の果物を使った〈秋パフェ〉、私とパフェ先生は三種類の葡萄を使った〈葡萄パフェ〉を。「絶対にちはやんが選ぶやつが正解なんだ。いつもそうなんだ」と言いながらも新井どんは違うパフェを選ぶ。しかし、我々は「ひとくちちょうだい」はしない。己のパフェを己だけで食べきる。釜飯屋に行ったときですらそのスタンスを崩さず、同じ種類の釜飯がテーブルにどんどん！と二個並んだのを店主がいぶかしげな顔で見ていた。食べながら、フルーツパーラー系のパフェとは、という話をうかがう。

三軒目、ショコラティエ系の『ピエール・マルコリーニ』へ。やはり満席で少し待つことに。パフェ先生が列に並んでいるのをいいことに、私は自分用のチョコレートを購入し、新井どんはジェラートを買って道で食べはじめる。我々はふだん二人でいても一緒に並ぶことは少ない。どちらかが並び、片方はぶらぶら自由にする。席が空き、呼ばれる。怒られるかなと思ったが、パフェ先生はなにも言わない。ちらっと手元を見ると、スマホで将棋を観戦していた。先生、将棋が似合います。期間限定の〈マルコリーニマロンパフェ〉を食べて、パフェ先生によるパフェの歴史の講義を受ける。資料まで用意してくれていた。マロンパフェ並みに濃い時間だった。

四軒目の『ラデュレ』まで時間があったので、三越デパートの地下でやっていた「ぎんみつパルフェ」という持ち帰りパフェのフェアを見にいく。ショーケースの中の色鮮やかなカップパフェは可愛かったが、私はここで突然に米切れを起こした。米……米を食べねば……死ぬ……と米欠乏症に陥る。パフェは不思議な食べ物で、いくらはしごしても腹はふくれない。こそこそと〈半熟煮玉子おむすび〉を買ってベンチで食べる。しかし、パフェ先生はブレない。『パティスリーモンシェール』の〈パルフェ・アップルカスタード〉をさっと購入し、立食イートインカウンターで味わいはじめた。身体が痛いはずなのに、パフェを食べるときは妙に姿勢がいい。先生さすがです……と感動したが、私の信条としてケーキやパフェといった層構造になった菓子は椅子とテーブルがある環境で食べると決めているので、おむすびを頬張りながら勇姿を眺めた。と、新井どんの姿がない。消えた、と思う。彼女がふらっと消えるのはいつものことなので私は特に驚かないが、パフェ先生はどうだろうとうかがうも、パフェしか眼中にないようだ。素敵である。

やがて『ラデュレ』の予約時間になり、ロココ調の麗（うるわ）しい室内で寛（くつろ）いでいると新井どんが戻ってきた。「ちはやん、前にオレが飲んだいいにおいの紅茶どれだっけ」と何事もなかったかのように訊いてくる。こんなときこそ記録が役にたつ。「〈テ・ア・ラ・フルール・オランジエ〉です」と執事のように答える（心の中で「お嬢さま」をつける）。パフェ先生は『ラデュレ』のパフェは初めてらしく「パフェは香りが大事。うん、鼻息まで香る」と感想を述べながら楽しんでいた。我々はふわふわのクリームにうっとりしていた。うっとりしすぎて、ちょっと新井どんが眠そうだ。「糖分を摂取すると眠くなるのです」とパフェ先生が解説し、なんとなく緩慢な空気がただよう。「パフェ眠りですな」とパフェ先生は厳かに言い、パフェスケッチをはじめた。ちなみに、パフェ記録は最近からだが、私はもともと甘味が大好きなのでチョコ記録とケーキ記録はずっとしている。甘味を食べない日はなく、もう糖分に身体が慣れきっていて、パフェはしごをしたくらいでは眠くはならない。ノートをまとめながら新井どんの「パフェ眠り」の様子を観察した。

『ラデュレ』を出ると、もう暮れていた。和光の時計塔が群青の空にぼんやり浮かんでいる。東京にくるときはいつも銀座に宿をとっているので、夜になるとこの街に帰ってくる。碁盤の目の街は京都に住む私に安心をくれる。交差点を渡り、『ティエリー・マルクス　ダイニング』へ締めパフェを食べにいく。みんなでシャルキュトリーやスモークサーモン、ポムフリットといった塩気をつまみながら本日最後のパフェを待つ。ここで私は生まれて初めて〈鬼灯のパフェ〉なるものを食べた。鬼灯、もう名前だけで惹かれるのに、それがパフェになっているなんて。フレッシュにコンポートにソースと、ふんだんに橙色の果肉が使われていた。初の食材に夢中になる。めざとくパフェ先生が

「すごくゆっくり食べている」と指摘してくる。未知の食材はおもしろい。自分の感覚が持っていかれる。食べている間、他のことが一切消えた。

最後に、パフェ先生に我々を銀座のパフェに例えてもらった。私は『フィリップ・コンティチーニ』などのパティシエが作る緻密系パフェ。新井どんはちょっと悩んだ末、『『リール銀座』っぽいかなあ」とのことだった。「セオリーがわからない」そうだ。やっぱり規格外か、と思う。鬼灯のように、新井どんも私にとって未知の食材だ。食べても、食べても、よくわからない。初めて食べるパフェみたいに、掘っていくと新しい味がでてくる。人付き合いはそういうところがある。違うのはパフェのようにはっきりした終わりを認識しにくいことだ。

銀座のパフェめぐりの間、みんな勝手気ままにしていた。誰かが誰かに謝ったり、気を遣ったりしなかった。すごく盛りあがったわけではないけれど、私にとってはちょうど良い空気感だった。

私と新井どんはパフェだけでは足りなく、パフェ先生と別れるとファミレスに行った。頼んだ蟹雑炊はちょっと多すぎた。ドリアを食べ終えた新井どんが、私がもう食べないことを見てとると「食べるよ」と手を伸ばしスプーンですくっていく。ぼんやりと眺めているうちに視界がとろりとゆがんできた。

ああ、と気がつく。私は新井どんとふたりきりにならないと眠くはならない。それはきっと「眠い」と言っても気にしないでくれる相手だから。許されすぎているなあ、と思いながら、ずるっと姿勢を崩した。

神楽坂逃亡編

新井見枝香

Mieka Arai

この文章を、近所のファミレスのボックス席で書いている。通路を挟んだ斜め前のカウンター席には、憎からず思っている知人男性が、私に気付かずに座っているのだが、いつからそこにいたのだろう。まったき偶然、降って湧いた僥倖。私はついに、街角の野良猫になれたのだ。好もしい人をじっと見つめているのだが、気付かれそうになると俊敏に身を隠す。車の下ではなく、テーブルの下へ。黒縁の眼鏡をかけ、姿勢良く原稿に集中している。彼もまた執筆作業があり、確かにファミレスをよく利用すると言っていた。しかし罠かもしれない。ベロベロバー。本当に気付いていない。今なら無料で見放題である。赤くなったり、ニヤニヤしたりして、ひとしきり興奮した。だが、あまりの気付かれなさに飽きてきた。猫だって、本当は気付かれたいのである。そのうち集中力が高まってきたので、バチバチこうしてキーボードを打っている次第だ。しかし内容は彼のことなのだから、散漫に集中しているだけとも言える。

テーブルに置いたスマホには、ちはやんから「ケンミンショーでイクラやってる」とか、「旅行行くならコート貸そうか」などと、当たり前だが、こっちの気も知らずに平和なＬＩＮＥが届いている。家で菓子をつまみ、のんびりしているとでも思っているのだろう。目の前の状況をいつお伝えしようか。しかし、おくびにも出さずにＬＩＮＥを返す。私は常に、ちはやんにいちばん面白い話題をいちばん面白いタイミングで披露したいと思っているからだ。この文章を書き上げて、担当編集さんへ送るメールにｃｃでちはやんを入れて、「あのとき！　そんなことがあったのか！　早く言えよ！」という展開がいちばん面白い。今の時点では決して悟られてはならない。

物事を伝えるには、伝え方とタイミングが大事だ。親しい友人だとて、なんでもかんでも垂れ流しではいけない。友情だって、エンターテインメントになるならそのほうがいい。隙あらば笑わせたり驚かせたりしようとする緊張感は、どんなに仲良くなっても保ち続けたい。もし気持ちに余裕がなくなって、もうそれができなくなったときには、彼女の前から姿を消したいとすら思っている。弱ったときこそ親しい友人に頼りたい、という人間と、弱った姿を親しい友人だけには見られたくない、という人間がいるなら、私と彼女は後者だろう。実際、そういう話をして、自分みたいな人がいるんだな、と驚いたことがある。

それにしても、目の前の彼。くっきりと彫りの深い顔立ちをしている。私は薄いこけし顔にめっぽう弱く、好みとはほど遠いのだが、一般的に言う美男子に対面すると、顔が紅潮してしまう。実は勤め先の男性上司が、若い頃のエドワード・ファーロングにそっくりで、半年経っても顔を直視できない。辛くて、まともに意思の疎通が図れない。そのせいで、ディズニーシーに行けなかったほどだ。予定では、今回のエッセイはディズニーシーで美味しいごはんを食べる回だったのに。

勤めている職場から、ディズニーランドかシーのペアチケットがもらえると聞いて、私は「シー(のチケットをお願いします)」というLINEを上司に送った。面と向かって口を利けないから。しかし彼は「(今日のシフトは)C(パターンでお願いします)」と理解した。つまり、全く通じていない。毎日のように顔を合わせるのに、連絡事項はLINEだけで済ませていた。間違いに気付いたのは、時すでに遅し、のタイミング。私の希望は、会社に提出する期限に間に合わなかった。どちらのせいでもない。しいていえば、彼が髪の毛サラサラのエドワード・ファーロングでありすぎるせいである。それが判明する前に「チケットをもらえるから一緒に行ってエッセイのネタにでもしよう」と、私はちはやんを誘っていた。彼女がねずみの耳をつけて、甘いポップコーンのドラムを斜めがけにした絵なんて、似合わなすぎて傑作ではないか。チケットもあるし、取材のためなら、ということで了解をもらったのに、今さら「もらえなかった」

とは言い出しにくい。

　もちろんディズニーシーのチケットくらい、自分で買うことはできる。彼女のチケットも、言い出した私が用意するべきだ。だが、彼女は頑なに、自分の分は自分で出す、と言うだろう。そういう人だ。こっそり買っておいて、もらったやつだよ、と手渡すこともできるが、たぶん彼女は気付く。好きな人間に嘘を吐くのは、どうも上手くない。それに、まさかの勘違いで、出鼻を挫かれてしまった。そういうとき私は、何かが私を止めている、と感じる。きっと、行ったらよくないことが起きるから、全力で止められているのだ、と。スピリチュアルな話ではなく、そう受け止めれば、がっかりせず、誰かを恨むこともなく、ありがたいお告げだと思えるから精神に優しい。鬱になりがちな人間の、生きる知恵だ。すると、わざわざチケットの代金を払って、テーマパーク的なごはんを食べるより、落ち着いたカウンターで、ちょっと贅沢な旬のものを、じっくり味わったほうがしあわせなのでは、と思えてくる。そう考えたら、そもそもなんでシーに行こうとしたのかもわからなくなってきた。自分で言い出しておいて、超行きたくない。

　結局、方々に迷惑をかけて、土壇場でシー行きはとりやめにしてもらった。決めたことだから仕方がない、今日一日はがんばろう、という、大人だったら誰でもできることがどうしてもできない。

シーに行くはずだった日の翌朝、ちはやんとは神楽坂の甘味処『紀の善』で落ち合った。京都から来て、昨日は取材のために丸一日空けてくれていたのに、台無しにしてしまった。怒っているだろうか。あきれているかもしれない。しかし、そこには何の誤解もないから、仕方がない、としか思えない。人は怒りにまかせて相手を責めるとき、泣いて謝ったり、すがったりして欲しがるものである。だが、泣いて謝ったところで昨日には戻らないし、すがったところで相手の腹の足しにもならない。私はそうそう変われない。開き直ったような私の態度は、ますます相手の怒りに油を注ぐ。初めてともいえるぎこちなさで朝の挨拶を交わした我々は、しかしそんな状況でも「ホットで」「私も」みたいなオーダーはできず、それはいったん置いておいて、じっくりとお品書きを吟味し、散々悩んだうえで〈栗あんみつ〉と〈くりぜんざい〉を選んだ。そしてちはやんが「磯辺も食べる?」と聞くので、うんと答えた。彼女は餅に目がない。三きれの餅の二きれは、私の腹に収まった。彼女は私を一切責めなかった。

人生の長い時間を、精神的に誰にも依存することなく生きてきた。だから、今さら彼女が私から逃げていったところで、元に戻るだけである。出会う前には戻れないというが、そんなことは当たり前である。いい出会いも悪い出会いも、過去にそういうことがあった、という事実が加えられるだけだ。人間が人間の本質を変えるなんて、そうできることじゃない。

休日の神楽坂を、人の流れに乗ってぶらぶらと上る。祭りをやっていて、珍しく路地の奥にも人が多かった。今は東京と京都で遠く離れて暮らしているが、いつかご近所さんになって、地元の喫茶店に入ったら、お茶とケーキを楽しむちはやんがいた、みたいな日がくるのかもしれない。私に気付かないちはやんを見て、どうやって驚かせてやろうかとほくそ笑む。そうやって考えているときが、いちばん相手のことを考えているときだとも思う。

坂の上に近付くと、サックスのアンサンブルが聴こえてきた。音楽之友社の前で、青空コンサートだ。耳を傾けながら路地を曲がり、カウンターでデザートを作ってくれる『アトリエコータ』を覗くと、意外と列が短い。甘味処のあと、すぐ隣のラクレット専門店でランチを摂っていたが、そこは胃が合うふたりである、食べていくことにした。

カウンターに座って、目の前でシェフが、私のパフェを作るのを見る。ちはやんが、私のためにごはんを作ってくれたときのことを思い出していた。

京都にある彼女の家で、旦那さんの「殿」とテレビを見ながら、肉豆腐を食べたのだ。鍋にたっぷり作ったまま食卓にのせて、めいめいがお玉で食べたいぶんを取る「鍋ドン」スタイルである。もう真夜中で、静かなんだけど賑やかで、こうやってずっと優しくされていたいと思うのに、もうこれ以上優しくしないでほしいとも思っている。私には人に愛される資格なんてないの、なんて台詞（せりふ）を聞くと、馬鹿言ってんじゃねぇ、黙って愛されとけ、と思うのに、自分にもうっすらとした後ろめたさがあることに気付く。それは案外、悪いもんじゃない。他人に与えられる愛情によってしあわせを感じる、とはそういうものなのだろう。人ん家（ち）に当たり前のように上がり込んで、ごはんを当たり前のように平らげる。野良猫のように。ここん家にはもう「殿」という名のドラ猫みたいな家猫がいるのだが、彼は私と遊んでくれるし、ちはやんは分け隔てなく面倒を見てくれる。満腹になったら気まぐれに家を出て、塒へ向かうのだ。河原町のカプセルホテルの、小さな小さな部屋に入ると、肉豆腐の甘辛い匂いに包まれて眠った。

音楽を聴くとき、
身体が音にむかってひらいて、
すこしだけどこかへ行ってしまう。

千早　茜

Akane Chihaya

「ディズニーランドいかない？」と新井どんからＬＩＮＥがきたのは、この連載が決まった頃だったろうか。日々の他愛ないメッセージのやりとりまで記録してはいないので定かではない。塵も積もれば山のごとく、他愛ないやりとりは積み重なっていて、さかのぼるのは深海まで潜るに等しい。ディズニーランドという響きはその深海よりもずっと遠く思えた。

要点しか伝えてこない傾向のある新井どんによくよく聞いてみると、会社からディズニーランドもしくはディズニーシーのペアチケットをもらえるらしい。この『胃が合うふたり』の連載でテーマパーク飯編をやったらどうだろうという提案だった。

私はキャラクターものが苦手だ。ポップコーンにもチュロスにも食指が動かない。ディズニーランドとディズニーシーの違いもわからない。というか、千葉にあることも知らなかった。東京だと思っていた。つまりはテーマパークにまったく興味がない。そんな私をなぜ誘うのかと思ったが、仕事ならば納得できる。

どうやら新井どんは誰から見てもテーマパークが似合わない私に嘘くさいネズミの耳をつけて面白がろうという魂胆のようだった。担当Ｍ嬢もテーマパーク飯に賛成だった。カップルや親子連れであふれた園内でのアラフォー女ふたりの浮きっぷりが目に浮かぶ。あんたもテーマパークが似合わないよ、新井どん。

「シーならお酒が飲めるよ」と新井どんが言い、ちょっとだけ心が動いて行くことにした。とはいえ、やはり興味がなく、前日に東京入りするまでほぼなにも調べなかった。

テーマパークに行くことが決まり、昔のことを思いだした。

確か、高校の修学旅行でディズニーランドに行ったことがあった。クラスの女子たちはどの男子のグループとまわるかで盛りあがっていたが、私は当時仲が良かった女の子とふたりでいた記憶がある。「夢の国なんて胡散臭い」と文句を言う私を彼女は笑いながら連れまわした。

その子とは中学高校とずっと一緒だった。クラスが違っても休み時間になればどちらかの教室に行き、登下校も合わせて、家に帰ってからは電話をしていた。よくもあんなに話すことがあったなと思うが、今となってはなにを話していたのか覚えていない。ＬＩＮＥでの他愛ないやりとりを忘れてしまうように。

可愛い顔をした子だった。中学三年のときに出会った。私が転校した先の学校に彼女はいて、クラス中の女子から嫌われていた。ぶりっ子だとか、我が儘だとか、表向きはそんな理由だったと思う。「仲良くしないほうがいいよ」と忠告された。

けれど、彼女は誰の悪口も言わなかった。善良な人間だったからではなく、自分を無視したり笑ったり否定する女子たちの存在を無いものにしていたからだった。不良っぽいグループの子たちにあからさまな意地悪をされても、彼女は無視して私とくだらない話をしてケラケラ笑っていた。私以外の人間を目にも入れなかった。それが彼女の矜持で、その誇り高さを好ましく思った。なにより彼女は私の偏屈さやひねくれた考え方を「面白い」と言って笑ってくれた。彼女といると本当によく笑った。教室で仲間外れにされているふたりが毎日腹を抱えて「死ぬ」「息ができない」と馬鹿笑いしているのだ。いつしか、いじめはなくなっていた。馬鹿馬鹿しくなったのだろう。

私はときどきふいっと学校をサボった。ちゃんとその日の用意をして学校に行っても、帰りたくなると勝手に帰ってしまう。それは小学生の頃からの癖で、先生や親に怒られても変わらなかった。たいてい先生や親よりも責めてくるのは友達で、「なんで帰っちゃうの!?」と悲痛な顔で非難され、「頭がおかしいんじゃないの」とまで言われたこともある。ちなみに私は学校をサボっても遊んだり非行に走ったりするわけではなく、図書館に行って本を読んだり勉強をしているだけだったので成績が落ちることもなかった。けれど、それも「ふらふらしているくせに」と苛立ちを誘うらしい。

学校で机を並べて勉強する意味がわからなかった。学校に行く権利があるのと同じくらい、学校を拒否する権利があると思っていた。でも、そんなことを言ってもわかってもらえる気がしなかったので黙って帰っていた。転校の多い子供時代だったし、アフリカ帰りだからというだけの不条理ないじめを受けたこともあったから、私はひとりのほうが気が楽だった。

彼女は勝手に帰ってしまう私を一度も責めなかった。私が教室にいなくなればひとりになってしまうにもかかわらず。休み時間にお菓子を食べる私も、クラスメイトのコートと体育用バッグをベッドと布団代わりにして授業中に仮眠をとる私も、「口内炎が痛いんで」と言って体育の授業をサボる私も、学校を抜けだして豆大福を買いにいく私も、すべて「うけるー」で許容していた。変な子だと思った。

彼女は可愛いだけあって非常にもてた。直情的なところがあったので、教室のまんなかで彼氏の膝の上に座っていちゃこらしたりと、目をそらしたくなるようなことをしていた。恋人ができると当たり前のようにすべての情熱が恋人にシフトする。もちろん私と登下校はしなくなる。そういうときに限って寄ってくる輩（やから）がいて、女子は「千早さん、なんであんな子と仲良くしているの」「自分勝手だし、どこがいいの」と言ってくる。男子は「千早ってレズなのか」とにやにやする。

あの子の魅力も、あの子と一緒にいる理由も、私の性的指向も、誰にも説明する義務はないと思った。大人になった今でも、たまに「○○さんと親しいんですね」と妙な確認をしてくる人はいるが、人が人といる理由なんて当人同士ですらわからないし、言葉にできるものじゃない。ましてや、第三者に伝える必要性など一ミリもない。

当然、私は無視した。恋人と別れると彼女は泣いたり激高したりしながらやってきて、また馬鹿笑いする日々に戻った。

親が教師だった彼女はあんがい真面目で、私と違って学校をサボったりはしなかった。そんな彼女が一度だけ「今日は学校にいきたくない」と言った。平日の昼間にセーラー服で、小さな屋内遊園地へ行った。ファンシーなものが好きだった彼女はぬいぐるみのUFOキャッチャーに歓声をあげ、呆れるくらいピザやお菓子を食べた。野菜がまったく食べられず、いつもお弁当の野菜を私に押しつけていた彼女に、テーマパークの食べ物は最適だった。その日の彼女は異様にテンションが高く、ジェットコースターに連続で乗って盛大に吐いた。「またピザの味がするー」と涙目で便器につっぷす彼女を介抱した。その日、なにがあって学校をサボりたいと思ったのか彼女は話さなかったし、私も訊かなかった。

　あざやかな日だった。屋内遊園地だったのにまぶしい空の下にいるみたいだった。きっと忘れないんだろうなと思い、やはり忘れられなかった。彼女と離れて大学へ入り、恋人に誘われてもテーマパークには行かなかった。テーマパークは大好きな女の子と行く場所だった。

　友情と恋愛はまったく違うようで似ている。もしくは、似ているようでまったく違う。吉野朔実（さくみ）の『恋愛的瞬間』という大好きな漫画があって、友情と恋愛の違いはなにかと訊かれた心理学者がこう答える。「恋愛はあらゆる抵抗に打ち勝つ相思相愛の力　友情は相思相愛でありながら抵抗によって達成出来ない疑似恋愛関係」。抵抗とは肉体や条件が受けつけないことであり、すなわち友情は抵抗があるにもかかわらず気持ちのベクトルが向き合っている人間関係と言ってもいいとある。

　彼女とは気持ちのベクトルが向き合っていた感触はあった。けれど、なにがあったわけでもない、嫌いになったわけでもない、いつしか彼女の目に私は映らなくなり、私も彼女を映さなくなった。恋愛と違うのは、それを心変わりだと責め合わないことだ。いや、責め合わない恋愛もあるのかもしれない。ちなみに漫画の中では恋愛的瞬間を「自分の中に他人が映る　他人の中に自分が映る」ことだと定義している。

私は彼女との関係に名前をつけたくなかった。つけられたくもなかった。だから、誰に訊かれても無視した。まわりにどう思われてもよかった。誰かの許可をもらって彼女との関係を作りたくはなかった。今となってはそれこそが友情なのだと思う。

そんなことを思いだしながら、一日早めに東京へ行き、いくつかの打ち合わせと仕事を終えた。

なぜかディズニーシーのチケットは手に入らなかったらしい。それなら自腹で行こうという話になり、待ち合わせ時間を決めた。チケットがないならば計画を変更すれば良かったのだが、私は決めたことを遂行する気質である。学校はサボりまくっていたくせに、自分で行くと決めた予備校は一日たりとも休まなかった。そんな風に、私は一度自分が決めたことは、どんなに気が乗らなくても、滅多なことでは止めない。

一方、新井どんはそのときの気分や勘を優先させる。彼女が「なんか嫌」というときはそれに従うようにしていた。深夜、新井どんから「行きたくないみたいだ」というメッセージが届いた。それに気づいたのは朝だったが、どうも調子が悪そうだったので、とりあえず中止にした。

さて、どうするかと朝ごはんを食べながら考えた。東京で一日自由！　わくわくした。

ふたりも楽しいが、ひとりも楽しい。まずは新宿へ行き、たっぷりと「お伊勢丹参り」を堪能する。ちょうど催事で英国展をやっていたので、紅茶を買いあさってハッスルした。興奮を抑えるためにジェラートを食べ、紅茶専門店でゆっくりアフタヌーンティーをしながら姪や妹へのクリスマスプレゼントの目算をたてる。それから恵比寿のギャラリーで気になっていた展示を見て、また英国展へ戻り東京の友人とクリームティーをし、団子屋へも行く。次の本のために資料集めをして、泊まっている新潮社クラブに帰ると、管理人さんが布団を敷いてくれていた。風呂もいれてくれる。ほかほかになってこたつに入り、ネイルをしながら読書をして、降ってわいた休日を満喫した。

寝る前に新井どんについて考えた。行きたくなくなった理由を訊くべきなのか。なにがあったかはわからないが、いちおうドタキャンなので怒ったほうがいいのだろうか。でも、怒ったほうがいいのかと考える時点で怒ってはいない。親でも、教育者でもないのだから、「あなたのために」なんていう理由をつけて怒るなんてできないし、趣味じゃない。まあその場の空気で、と目をとじた。遊び疲れていたのですぐに眠りに落ちた。

次の日、神楽坂の『紀の善』で待ち合わせた。先に私が着き、席につくと、ほどなくして新井どんがやってきた。「よう」というように片手をあげて、ぎこちないけれど目を合わせてくれたので話せるなと思う。とりあえず、なに食べるとメニューをひろげる。「栗があるよ」「栗の季節だね」と、新井どんは〈栗あんみつ〉、私は〈くりぜんざい〉にした。甘い餅を食べれば、しょっぱい餅を欲するに決まっている。磯辺焼きも頼んだ。餅好きの私はもう餅で頭がいっぱいだった。おまけに〈くりぜんざい〉がめっぽう美味だった。「うっまあ……」とうっとりして、しばらくそれぞれの食べ物に集中した。

「自分で自分をコントロールするのが難しいときがある」というようなことを新井どんは言った。知っている、と思ったが、「そうか」と答えた。彼女は嘘をついていなかった。本当のことを言うのは、適当な理由をでっちあげるよりしんどい。

私はそのとき、気まぐれで学校をサボってしまう私を一度も責めなかったあの子を思いだしていた。さびしいときもあっただろう。私を冷たいと感じたこともあったかもしれない。じゃあ、なんで責めなかったかというと、きっと一緒にいるときは楽しく笑って過ごしたかったからだ。そして、自分の親しい人の「逃げたい」という気持ちを尊重していたから。

「さっきこの辺をうろうろしていたらラクレットの店があった」と言うと、チーズ好きの新井どんは目を輝かせた。おし！　行こう行こう！　と向かう。ラクレットとチーズフォンデュの専門店はものすごいチーズ臭に満ちていて、スパークリングで乾杯して良い気分になると、いつもの空気になった。

ほろ酔いで店を出ると、日曜の神楽坂は人であふれていた。なにかの祭もやっている。道では子供たちがお絵描きイベントをやっていて、歩きやすいとは言えない。ふたりとも人混みが苦手なはずなのに、祭だとなんだか許せる気分になるのが不思議だった。ここはいつか住みたい街なのだと新井どんに話す。おいしい店がいっぱいあるな、と新井どんは笑った。

パフェも行こうと『アトリエコータ』というアシェット・デセール専門店へ向かうと、道で楽隊が演奏をしていた。音楽を聴くとき、新井どんはいつもと違う顔になる。身体が音にむかってひらいて、すこしだけどこかへ行ってしまう。十代の頃、新井どんが真剣に音楽をやっていたことはちらりと聞いたことがある。私の知らない世界を持つ横顔がけっこう好きだ。私の思い出の彼女みたいな子が、新井どんにもいたのかもしれないと想像する。もちろん、訊かない。

同じパフェを頼んで、めいめいで食べる。ピスタチオと杏(あんず)の組み合わせのパフェは初めてで、とても美味しかった。絢爛豪華な建造物のような淡いグリーンとオレンジ色のパフェのてっぺんには細い細い飴細工がのっていて、新井どんの髪の毛の色にそっくりだった。飴細工は口のなかであっという間に消え、甘さだけがしばらく残っていた。

両国スーパー銭湯編

新井見枝香

Mieka Arai

代々木上原(よよぎうえはら)にあるまつげサロンに行ったら、必ず『按田餃子(あんだぎょうざ)』で水餃子を食べて帰る。あんが異なる四種類の餃子は、ハトムギ入りの自家製皮に包まれて、その食感や風味が、これからゆるやかに就寝へと向かいますよ〜、と副交感神経に働きかけるようなやさしさだ。疲れた日にサッと寄って、お腹をあったかくして帰りたい店である。だが、メディアで紹介されたこともあって、いつも行列が絶えない。今日も寒空の下、身を固くして二十分ほど並んでいた。明日は雪が降るらしい。付けてもらったばかりのまつげが、まぶたの上で震えている。

店の前を通りすぎる人たちが、並ぶ客を振り返っては、それぞれに感想を述べていった。「うわ寒そう」「見て、ひとりの人もいる」「けっこうなおじさんも並んでるね」列をなした人間に対して、部外者は遠慮がない。道端ですれ違う人間を必要以上に見て、心に浮かんだことを聞こえる声で言えば、喧嘩になることだってあるだろう。しかし列に並ぶ人たちは、聞こえないふりで、従順な羊のように、引き戸が開くのを待っている。

不愉快だった、という話ではない。他人から視線や意識を向けられることが嫌ならば、公共の場に出ないか、人里離れた山奥で生活するしかない。人間は人間を見て、何か思うのが好きだからだ。電車の中で、よその子どもにじっと見つめられたことがあるだろう。見たら失礼だという感覚がなければ、見たいだけ見るのである。そして、思ったままを口にする。私は何度か「あのおにいさん」と大声で言われたことがあるが、子どもは正直というから、その通りなのだろう。大人になると理性で我慢する。どうしても見たいときには、お金を払って堂々と見る。ライブハウスの最前列なんて、音響のバランスは最悪だが、ステージに立つ人間の顔が見たいから、死にもの狂いで奪い合うのである。向こうもそのつもりだから、穴が開くほど見つめたって、何ジロジロ見てんだよ、とは言わない。私の職場で老眼鏡や双眼鏡が異様に売れているのは、近くに『東京宝塚劇場』があるからだ。そうまでして人は、人の姿形や行動を見たいのである。好きな人であれば、なおさらだ。

しかしあの日の私は、友の姿を、ほとんど見ていない。

ストリップ仲間と忘年会で訪れた『江戸遊(えどゆう)』は、両国にあるオシャレなスーパー銭湯だ。館内の食事処でちゃんこ鍋を囲んだが、時間の都合で、ゆっくり入浴できなかった。年明け、仕事で東京に滞在するちはやんを誘ったのは、今度こそ気が済むまで湯に浸かって、あの食事処でだらだらと飲み食いし、あわよくばそれをエッセイのネタに、なんて世の中をなめたようなことを思いついたからである。正月から腹筋を割ろうと思い立ち、うっかり腰を痛めていたので、自分を甘やかしたかったのもある。書店員の仕事で、一度も腰痛を感じたことがないのは、腹筋運動以下の気合いだったということか。

お決まりの浅草ストリップ鑑賞を経て両国へ向かうも、すでに腹が減っている。だって、まだパフェしか食べていないもの。『江戸遊』に入館すると、脇目も振らず食事処へと向かった。ほとんどの人が揃いの館内着を纏い、温泉旅館の宴会場のごとく、くつろぎすぎている。風呂とは、ここまで人を弛ませるものなのか。しかし我々はまだ、酒を飲まない。すだちサワーではなくすだちスカッシュと天丼に決めて、お店の人のハンディターミナルにチップ入りのリストバンドをかざす。退館するときに、入館料とまとめて精算すればいい。ちはやんはそれを気に入ったようで、楽しそうにかざして、何を頼んだっけか。そうだ、鴨南蛮を選んだはずだ。一瞬、何を食べていたか思い出せなかったのは、啜る音が一度も聞こえなかったことと無関係ではあるまい。私はいつも、音と一緒に物事を記憶するタイプなのである。蕎麦もうどんもラーメンも一緒に並んで食べたはずだが、いつも彼女は啜らず、静かだった。それを「あむあむ」とからかえば恥ずかしそうにするが、啜ってみるつもりはないらしい。私はそれを、好もしい、と感じている。パフェに載ったフルーツを手掴みで食べる。たい焼きを腹の真ん中で割って食べる。羊羹をとんでもない分厚さに切って食べる。好きなように食え。それが我々の共通意思だ。それにしても、いつから人は、当たり前のように「ズゾゾゾ」と音をたてて啜りだすのだろう。他人の「クチャクチャ」は気になるのに、「ズゾゾゾ」に寛容なのは何故か。人と食事をすると、自分の当たり前がゆらぐ。私は彼女とのそれが、楽しくて仕方がない。別々の人生を長く歩んできたからこその、面白味だ。

腹もほどよく膨れて、脱衣所のフロアへ移動すると、私はあっという間にすっぽんぽんになって、浴場に突進した。びゃびゃっと流して湯船に沈んでいると、しばらくして湯気の向こうからちはやんが現れた。声を掛けて、ジェット風呂や炭酸風呂を一緒に楽しむ。露天エリアに出ると、屋内より人が少ない。そして気温が低いせいで、いくら浸かってものぼせない。ここでポツポツと会話しながら、湯に溶けそうなほど長い時間を過ごした。そしてまた屋内に戻り、ラベンダーの香りのスチームサウナに入って、足湯に浸かりながら泥パックを塗りたくって、ぴっかぴかになって風呂を上がった。

揃いの館内着で食事処へ戻り、すっぴんのまま酒を飲み、めいめいが食べたいものを注文する。運ばれてくるもずくや玉子焼きやカニクリームコロッケを、分け合ったり抱え込んだりしながら、失った水分と塩分を補った。そしてまた風呂で軽く温まり、終電前に解散。

実はだいぶ前から気付いているのだが、どこで止めたらいいかわからぬうちに、一日の出来事を書き終えてしまった。これではただの日記ではないか。まがりなりにも、小説家の友人と名前を並べて、エッセイを書いている私が、なんということていたらく。

思えば、脱衣所での行動からすでに、この経験でエッセイを書く、という自覚が足りていない。親しい友人が何色のパンツを穿いていたのかすら、記憶にない。なぜなら見ていないからだ。風呂に入っても、裸の体にほとんど目を向けず、四肢をめいっぱい広げ、アーとかヴーとか呻いて、半目になっていただけだ。どんな顔で湯に浸かっているのか、体はどこから洗うのか、何も見ていない。

なんだか、見てはいけないような気がしていたのだ。でも、見てはいけないと思いながら見ないでいると行動が不自然になるため、ひたすらお湯が気持ちいい、という感覚に集中していた。たとえばちはやんのお尻からドキンちゃんみたいな尻尾が生えていたとしても、じろじろと見ないでいられるような人間でありたいと思っている。人の姿形、立ち居振る舞いに、自分の心がマイナス方向へ揺れ動くことは、とても愚かだと思う。自分と比べて嫉妬をしたり、憐(あわ)れんだり、嫌悪したり、ばかにしたりすることだ。そういう汚い感情を、ほんの少しでも彼女に抱いたら、と思うと、怖くて見ることができなかったのだ。あまりにも弱い。信用がなさすぎる、自分自身に。

とにかく風呂は最高だな、という、極楽ばかりで何も得ることがない風呂上がりのフルーツ牛乳みたいな回になるかと思いきや、意外と自分的にアンタッチャブルな面に踏み込むことになり、滝のような汗をかいている。風呂だけに。

ずっと清廉潔白な気持ちで彼女と向き合っていたいが、これだけ頻繁に顔を合わせ、距離を詰めていけば、そういうわけにもいかんのだろう。思ったことをなかったことにできない性分で、大変面倒くさい人生を歩んできたのだが、彼女に対しては、正直でありたい。それで嫌われればそれまでだ。

なんだか、すっかり裸になってしまった。風呂だけにな。

怖くて
見ることができなかったのだ。
私は見まくった。

千早茜

Akane Chihaya

中学生の頃、恋愛におけるAとかBとかCの段階があるということを女子の噂話で聞いた。確か、Aはキスで、Bはペッティング、Cはセックスだったと思う。けれど、いいや違う、Aは軽いキスで、Bはベロチューで……と言う子もいた。そして、恋人がいる子は「Aもまだなんだ」とか「Bまでいった」とか女子同士で報告しあっていた。当時、私には好きな子がいて、その好きな子も憎からず想ってくれていたようなのだが、ABCの話を聞いて私は「ドン引き」してしまった。当時はその言葉がなかったため、私は「キモチ悪い」と思った。口にだしてしまった。この「キモチ悪い」は恋の相手を退けてしまう強力な呪い文句で、淡い恋は悲しい結末を迎えた。

いまになって考えてみると、私は相手との物理的な行為によってしか恋愛という関係性を深められないことに違和感があった気がする。別にCからはじめる純愛だってあるし、手を繋ぐだけで最高にエロいという関係があってもいい。それは当人たちの間で共有できていればいいことで、同性の友人に報告すべきことではない。「あの子たちどこまでいったのかな」という目で見られることも、幼く潔癖だった私は嫌だったのだろう。

ちなみにこのＡＢＣ話、最近の若者にはあまり通じないそうだ。それは喜ばしいことだけれど、代わりの隠語はきっとあるに違いない。どんな関係性においても段階というものは確かに存在するからだ。それは親しくなるスピードにも密接に繋がっていて、友情においては見誤ると「いつまでも他人行儀だ」とか「距離感が変」とか言われてしまう。すごく難しい。

前置きが長くなったが、私にも友情においての段階というべきものはある。段階と言ってしまうと深まったり高まったりしたほうが良いという感じがして不本意だが、無意識下の線引きみたいなものは確実にある。こればっかりはどうしようもない。

そのひとつが一緒に旅行ができるか、だ。細かく言うなら同室で寝泊まりできるかなのだが、まだ親しくなったばかりの人とはどうしてもできない。身体が相手の気配に慣れていなくて気を抜くとぴりぴりしてしまうし、気を遣っているとお互いに疲れる。なので、たいして親しくもないクラスメイトと同部屋に詰め込まれる修学旅行というイベントは私にとっては地獄だった。大人になった今も、一緒に旅ができる友人の数は片手に収まるくらいで、ここ十年近く変動がなかった。そこに去年からひょっこり新井どんが入ってきた。春の台湾旅行、秋には広島に行った。

新井どんは拍子抜けするくらい自由だった。目を離すといなくなるし、計画なんてたてない。違うものを見たいときはさっと別行動し、食べるときには自然に集合する。眠りたいときに寝て、喋りたくないときは黙っている。私がいるのにひとりごとを言って笑っている（本人はそんなことしてないと言い張るが、確かにひとりで喋り、笑っていた）。前にも書いたが、トラブルが起きても苛々せずに状況を楽しんでくれる。楽ー！と思った。

しかし、一度だけ動揺したことがあった。

広島での夜、我々は遅い時間にほろ酔いでホテルに戻ってきた。私は茶を淹れ、新井どんはむしゃむしゃとコンビニで買ってきた夜食を平らげ、先に風呂に入った（また浴室でひとりごとを言っていた）。交替で私が風呂へいった。湯船に浸かっていると、部屋から聞こえていたひとりごとが途絶えた。寝る準備を整えて部屋をのぞくと、こうこうと明るい室内のベッドで新井どんが大の字で寝ていた。濡れ髪に、フェイスパックはつけたまま、おまけにバスローブがはだけて完全に御開帳している！　これは……とたじろいだ。同泊はもう大丈夫だ。しかし「裸を見る」というのは、違うステージの付き合いだ。まだそんな心構えはできていないし、了承も得ていない。しかし、このまま放置しては風邪をひいてしまう。風邪をひいたことがないと常々言っている新井どんだが、なんせ旅先だ、初めての風邪をひいてしまうかもしれない。

反射的に私がとった行動は「部屋の電気を消す」と「エアコンの温度をあげる」だった。まるで手練(てだ)れの刺客のように素早くやってのけた。これで「裸を見ない」と「風邪をひかせない」はクリアできると思った。ただ、つけたままのパックが気になる。エアコンの風でばりばりになったら肌にひどい負担をかけてしまう。これはしばし悩んだ。はがしてあげてもいいが、「触れる」というのはもっと遠いステージにある。相手が寝ているときになんてなおさらだ。そして結局、スマホのライトで照らしながら「新井どん、パック。パック外しなよ」と声をかけた。

「んあ?」みたいな声をあげながら新井どんは起きた。半目。起きあがろうとするが起きあがれない。ゾンビのように、ぐぐぐ、ぱたん、をくり返している。スマホライトの効果もあって、ちょっと怖い。「ほら、パック。パックしたままでしょ」と言うと、「あー」とやっと理解したようでベリッとパックを剥いだ。「はい」と渡してくる。えっ！　と仰天したが、手を引っ込める気配がないので受け取る。ばったんと新井どんは倒れ、すぐさま寝息をたてはじめた。私は手にぬるい使用済みパックを持ったまま、暗い部屋に呆然と立ちつくしていた。

そんな感じで、新井どんには半ば暴力的にあらゆる線を越えられた気がしている。今回、「両国の『江戸遊』がすごくいいんだよ」と誘われたときも、裸の付き合いか、と一瞬身構えたが、使用済みパックの仲だしな、とすぐに心も身体も受け入れていた。温泉には行ったことはあったが、温浴施設というのか、いわゆるスーパー銭湯は初体験だった。「きれいだし、食べ物もお酒もあるよ」と、他の人と行ったときの写真を見せてくれた。「こういうの着なきゃいけないけど」と作務衣みたいな館内着を指してにやにやしている。どう見ても私に似合わなそうだ。さては着せて笑う気だな、と思ったが、寒い冬の湯の誘惑には勝てなかった。

当日、私は年明け初の東京だった。浅草の『フルーツパーラーゴトー』で待ち合わせた。初パフェだ。ここで新井どん、なんと連休初日の混雑を見越して先に並んでいてくれた。彼女は私の好物を突然送ってきたり、大量のお勧め菓子を帰り際に手渡してくれたりと、たまにこういった格好良いことをする。おかげで到着してすぐに席につけた。思い思いのパフェをうっとりと食べ、『浅草ロック座』で新春公演を観る。舌も目も潤ったところでいざ風呂か、と思ったら、新井どんは浅草の人混みの中をどんどん進んでいく。団子を食べ、ジェラート屋でトリプルを注文した。「ここ、うんまいの」と子供みたいな顔をして食べている。

大晦日、新井どんは京都にやってきて、私の友人たちと一緒に我が家で年越しをした。彼女は私の友人たちにものすごく普通に溶け込んでいて、年上の子からも年下の子からも甘やかされていた。あのときもこんな子供みたいな顔をしていたなあと思う。蟹やケーキやしゃぶしゃぶやお節（せち）を食べて、最後に京風雑煮をお代わりして帰っていった。

新井どんに勧められた芋味のジェラートは優しい味がした。浅草は家族連れが多く、正月の賑やかなのに長閑（のどか）な空気がどことなく残っている気がした。

両国の駅に着いたのは四時過ぎだった。駅を出てすぐに『江戸遊』の大きな看板があり、すっきりした建物が目に入る。新井どんは家に帰るみたいにすたすたと進み、吸い込まれていく。中に入って驚く。あったかい……頭から足の先までぬくぬくだ。ちょっと湿度もあって、石鹸の香りがして、なんというかこれは……布団！　いい感じにぬくまった布団だ！　はやくも受付の時点で溶けはじめたが、急に腹が鳴った。「腹減った！」「減った！」と食事処に駆け込み、私は鴨南蛮そば、新井どんは天丼を頼んだ。注文は鍵つきのリストバンドを、店員さんが持った機械にピッとかざすだけでいい。会計はすべて帰るときだそうだ。財布の中という現実をいちいち見なくていい。ピッとするだけで、なんでも飲んで食べられるなんて楽園か。テンションがあがったが、風呂場で倒れたら恥ずかしいのでアルコールは控えた。

あとであれ食べよう、風呂上りはコーヒー牛乳かな、とはしゃぎながら脱衣所へ。ここで私ははっと現実に戻る。風呂に入る前には歯を磨きたい……！　特に理由はないが、いつもそうしているのでしないと落ち着かない。自分だけの習慣かもしれないし新井どんには言えない。そして、私は旅先でも髪や肌に触れるものは家と同じものがいいので、備え付けのシャンプーや化粧水の類はいっさい使えない。一度、一泊だけだからと試供品のシャンプーとコンディショナーを使ったことがあったが、寝返りをうつ度にただよう自分の嗅ぎ慣れない髪の匂いに「部屋に誰かいる！」と飛び起きてしまい、まったく眠れなかった。ちまちまと持参したメイク落としや歯ブラシで入浴の準備をするうちに、新井どんはぽんぽんと服を脱ぎ浴室へ消えてしまった。自分の神経質さが面倒くさい。

ようやくメイクを落として、ロッカーの前に行って気づく。この取材、メモ取れないじゃないか。浴室にはスマホすら持って入れない。裸一貫だ。新井どんに意見を求めようにも、もうきっと湯でとろけているだろう。これは選択ミスしたかも、とへこむ。

のろのろ服を脱いでいると、横の女性が目に入った。動きが大きい。脱いでは投げ、脱いでは投げ、と服をロッカーに放り込んでいる。ジーンズをボン！　セーターをボン！　ヒートテックインナーを脱いだ勢いで髪についていたシュシュがスポッと抜けて床に転がった。あ、と思う。「落ちましたよ」と言おうとした。けれど、そのときにはもう女性はブラジャーとショーツをボン！　したところだった。あーすっぽんぽんだ。いま声をかけたら脱ぐところを見ていたと思われてしまう。しかも、私はまだ中途半端に着衣だ。自分だったら裸のときに着衣の人に話しかけられたくないかも。ごにょごにょ悩んでいるうちに女性は行ってしまった。

　タイミング逃した……とちょっとしょんぼりと浴室に入ると、湯の中から新井どんが「ちはやん」と声をかけてきた。ぬるめの湯に並んで浸かる。「シュシュ落ちたの言えなかってん……」とつぶやくと、「ちはやん、あのね、こういうところに来る人は見られることとなんか気にしてないんだよ」ときっぱり言われた。「そうなの？」「そうだよ！」そう言う新井どんはおっぴろげだ。湯船から湯船へと歩くときもタオルで隠さず、内股にもならない。浸かっているときはあぐらか立て膝、両手に美女をはべらす富豪みたいに両肘（ひじ）を湯船の縁にかけて胸を張っている。なんだか少年漫画の効果音「バーン！」とか「ドン！」の字が背後に見えそうな感じだ。性格もちょっと『ワンピース』のルフィっぽいかもしれないと思い、海賊の一味になったかのように気が大きくなった。そうか、見ていいのかー。

　というわけで、私は見まくった。もともと人の身体が好きだ。たまに体型の違う友人と服を買いにいって同じ服を試着したりするのだが、くびれ、体幹の厚さや薄さ、肩のかたち、胸や尻の肉のつき方、腰骨の大きさ、すべてがひとりひとり違って、同じ服が違う顔を見せるのが楽しい。身体は立体なのだ。脱衣所での着衣姿と浴室での裸の肉体を見比べて、あの尻のかたちだとワンピースはああいうラインがでるのか、肩から背中の曲線がパーカーだとわからなかったな、と長湯をしながら観察していた。肌の色や質感、傷、妊娠線、骨の浮き方、肉の強弱、身体にはその人の生き様が表れる。どの身体も興味深くて、どの身体もきれいで、服に生かせる長所も服の下に隠した秘密も持っている。私は新井どんの、水がくめそうな鎖骨のくぼみとパンツが似合うまっすぐな脚が大好きだ。

ちなみに、浴室の出入り口付近に使い捨ての歯ブラシがあって、浴室で歯を磨いてもいいのだということは後で新井どんに教えられた。風呂に入る前に歯を磨きたくなる人は私だけではなかった。自分の自意識が恥ずかしい。

ジェット風呂ではしゃいで、足湯をしながら全身に泥パックをし、ラベンダーの香りのスチームサウナに入り、薬湯で健康になった気になり、露天の寝湯でのんびりした。寝っ転がっていると、湯気が暗い空にゆっくりゆっくりあがっていって、生まれ故郷の北海道を思いだした。雪が降るのを下から眺めていると空にのぼっていくように感じた。

電車の音がひっきりなしにして都会にいるのだと思いだす。ふと、新井どんを見ると体育座りをしながら寝ていた。自由だ。

四時間近く入っていた。すっかり空腹になり一度あがって、また食事処にいく。人がいっぱいでにぎやかだった。みんな作務衣風の館内着を着ている。ビールと酎ハイで乾杯し、好きなものをピッとして頼む。梅きゅう、岩もずく、パクチーサラダ、蛸(たこ)の唐揚げ、カニクリームコロッケ……新井どんが玉子焼きをひとりじめしていた。醬油が欲しいようだ。店員を呼ぼうとしたら、新井どんは隣のテーブルの男性ふたりに「ちょっと醬油かしてください」と声をかけた。新井どんはすっぴんに館内着、男性ふたりは入浴前なのか私服だった。湯でふやけた私たちとは違い、まだしゃっきりしている。私は恥ずかしくて見ないようにしていたのに、醬油をかりるなんてメンタルが強すぎる。相席でもないのに、ほんとすごいよ。そう思っているうちに新井どんが玉子焼きの最後の一切れを口に入れた。ああっと思ったが言えなかった。駄目だ、私は羞恥心や自意識を捨てきれない。それらはくつろぎに相反するものだ。この施設には相応(ふさわ)しくない。

食べ終わると、もう一度湯船に浸かった。さすがにそんなに長くは入れず、三十分ほどであがった。新井どんは身支度も早かった。私がようやくドライヤーと薄化粧と着替えを終えて探しにいくと、リラクゼーションルームのビーズクッションの上で仰向けに身体を投げだしていた。コーラのペットボトルがもう空だ。身体のどこにも力が入っていない軟体動物のようなすごいくつろぎっぷり。かなわない、と思いながら、私はコーヒー牛乳を飲み「ここを経験しちゃったら遊ぶという概念が変わるね」と感想を述べた。「だろー」と新井どんは顎をのけぞらせて言った。

仮眠室もあって朝までいられるようだったが、ホテルをとっていたので日付が変わる前に出た。新井どんと別れ、別れたあとも「アーモンドミルクが見つからない」「ナチュラルローソンにあった」などというLINEをしながら、ふと、館内着姿を笑われなかったと気づいた。そういや、あまり目も合わなかったような気がする。あたたかく湿った空気の中、常に魂を浮遊させていた感じがした。湯けむり達人なのか。いや、もう仙人の域まで達してる。

常宿の部屋に入ってひとりになると、身体中からよその風呂の匂いがした。あーやっぱ無理ーとまたバスタブに湯を張り、家で使っている入浴剤を溶かした。洗い直し。

そして、水分補給を忘れていた私はその晩、がんがん頭痛に悩まされ、水を買いにすっぴんでコンビニに走った。喉の渇きの前には羞恥心も自意識も吹っ飛ぶ。せっかく裸の付き合いができる友人がいるのだ、次回はもうちょっとスマートに楽しみたい。

高田馬場茶藝編

新井見枝香

Mieka Arai

踊り子になるんだ、とちはやんに打ち明けたのは、いつどこでだったか。ごく最近のはずだが、全く思い出せない。黒革の手帖に逐一記録する彼女に安心して、どうも記憶力が退化しているような気がする。スマホを持ったおかげで、誰の電話番号も覚えない現象に近い。

先日、銀座の『ラデュレ』でお茶をしたときも「私がこの前、すっごく気に入ったお茶ってどれだっけ」と尋ねないと、すっごく気に入ったくせに、思い出せなかった。だが、そのお茶の青く抜ける香りは鮮明に記憶しているように、いちばん最初に伝えたのはちはやん、ということだけは忘れない。大事なのはそこだ。彼女がその時、具体的に何と言ったかは、さして重要なことではないのだろう。一緒にストリップを観に行っているから、踊り子という仕事に対する偏見がないことは分かっている。他人の高揚にその場で水を差すような野暮天(やぼてん)でもない。つまり、なんだかんだ言い逃れようとしているが、忘れちゃったのである。

初めてエッセイ集を出版すると決めたときも、いちばん最初に打ち明けたのはちはやんだ。今ほどには親しくなく、そのせいか、うっすらと状況の記憶が残っている。カウンターに並んで、神保町（じんぼうちょう）のすずらん通りを見下ろしていたから、場所は『文房堂』のカフェだろう。さして驚かず、先輩作家として冷静なアドバイスをくれた。そのひとつが、周囲の人への伝え方だったと思う。私は、本を出せることがうれしかった。そのために文章を書いていることが、楽しくて仕方がなかった。だが、それを誰彼構わず吹聴（ふいちょう）するつもりは全くなかった。必要がないからだ。うれしくて楽しいのは私であって、誰かに共感されてもされなくても、その価値は変わらない。宝くじが当たった、素敵な人にプロポーズされた、条件のいい仕事が舞い込んだ。そんなことより、酔った勢いで告白したら突き飛ばされて駅のホームから落ちたとか、ボーナスより折れた前歯の差し歯代のほうが高かったとか、毒にも薬にもならない、誰の地雷も踏まない、残念な話を好んでする。笑いが取れたら、悲しみや怒りの価値が変わるからだ。

大人になっても自慢話ばかりする人は、きっと純粋で素直なまま育ったのだろう。もし、喉から手が出るほど欲しいものを手に入れた人が、小鼻を膨らませて自慢していたら、私はくやしさでのたうち回る。口には出さないし、そういう素振りも見せないが、その瞬間から私は猛烈にがんばってしまう。負けてたまるか。そのくやしさがなければ、きっと今の私はいないだろう。人は人、私は私。そういうスタンスであることと、くやしい感情は別ものだ。他人の自慢話はモチベーションを刺激する。基本的には怠惰な私だが、おかげで発奮できたのだ。逆に私が自慢話をしないのは、ただでさえ能力のある人に本気でがんばられたら、永久に追いつけない、と分かっているからかもしれない。イソップ寓話の「ウサギとカメ」で言うと、居眠りするウサギの横を抜き足差し足で追い越す戦法である。

果たして踊り子になることが、自慢になるのかはわからないが、少なくとも私は「デビュー」という言葉に舞い上がっている。かつて『デビュー』という雑誌があった。あらゆるオーディション情報や、実際にデビューした人のインタビューなどが掲載されていたと思う。それを時折、地元の書店でこっそり購入しては、隅々まで読み込んでいた。今となっては一体何になりたかったのか思い出せないが、私はようやく、憧れの「デビュー」を果たすのだ。人前で素っ裸になる勇気が「オーディション」の代わりである。成功するかどうかは別として、予備校の模試では絶対無理と判定された東大に願書を出す、くらいのハードルは越えた実感がある。

その日は私の希望で、東京のコリアンタウン・新大久保へ行く予定だった。映画『パラサイト　半地下の家族』を観た影響で、韓国料理スイッチが入ったのだと思う。私は東京の、ちはやんは京都の映画館でそれを観たが、彼女の人生経験から、強く抱くだろう複雑な感情は想像できた。そしてあの、キャンプ先から突然帰ってくることになった一家のリクエストで、家政婦が怒濤の勢いで完成させた韓国風ジャージャー麺「チャパグリ」を食べてみたくなっているだろうことも。

しかし約束の当日、例によって気まぐれな私は、新大久保ではなく高田馬場(たかだのばば)行きを希望した。疲れだろうか、めずらしく食欲がない。カロリーすら感じさせる重たいコーン茶ではなく、水より透明な中国茶をスルスル飲みたい気分だ。

西早稲田にある『甘露(かんろ)』は、種類豊富なお茶と薬膳スイーツがある中国茶カフェで、「薔薇(ばら)と林檎(りんご)の湯圓(タンユエン)」があるらしい。……薔薇!!　もちもちした食感と薔薇の香りに目がないちはやんは、案の定ビビッドに反応した。胃が合う友人とは、鼻もよく合うのだ。ふたりとも、洗濯物のわざとらしい柔軟剤の匂いが苦手で、一緒に手巻き寿司をすれば、凄まじい量の薬味を巻きまくる。ちはやんの家に住んでいるドラ猫（夫）と、私の体臭も似ているらしい。彼と私は完全なる猫顔なのだが、犬みたいな臭いがするそうだ。犬……。彼女は犬が好きなので、悪い意味ではないのだろう。

鋏(はさみ)で豪快にカットするサムギョプサルにかぶりついたり、道端で焼きたてのホットクを食べたりするのはまた今度だ。今日は、台湾旅行で訪れた静かで居心地のいい茶藝館のような場所で、ばあちゃん同士の暇つぶしみたいに、ぽつりぽつりと話がしたかった。たっぷり時間をかけて茶を飲み、ＬＩＮＥだけのやり取りで生じたもどかしさや、細かなすれ違いをすっきりさせたかった。

『甘露』の店主は穏やかな男性で、うるさくない程度に茶や甘味の説明をしてくれる。念願の「薔薇と林檎の湯圓」は、ピンク色の白玉のような団子が四つ、透き通ったシロップに沈んでいた。天女のおやつみたいに甘やかな香りと、五つめの団子になって浸かりたいような温度が心地よかった。平日の昼前で先客はなく、気兼ねなくストリップの話をすることもできた。お茶を何杯もおかわりした。そしてサービスで出してくれた、甘辛く炒ったひまわりの種を、ちはやんはその頑丈な歯でガジガジと割って、殻からすべて出してくれた。齧りたいだけかもしれないが、歯が脆い私にとってはありがたい。少し心が離れていたな、と思う。今、近付いたから、気付いたのだ。

私が踊り子デビューを決め、書店員も変わらず続けるために奔走している間、それを知らないでいる彼女とは、距離ができていた。言わなかったのは私であるから、それは私が作った距離である。躊躇っていたわけではない。例の如く、いちばん面白く伝えられるタイミングを、じっと待っていただけだ。狙うのもほどほどにしよう。

もしちはやんから、何か彼女にとって転機となるような、喜ばしいニュースを打ち明けられたら、どうだろう。本人が幸せそうなら、それでいい。もし不安要素があるように見えても、彼女の人生だ、私は何も言うつもりはない。だが、溢れんばかりの「おめでとう」のどこかに、「くやしい」があるはずだ。どんなに相手の幸せを願っていても、一〇〇パーセント手放しで「わーすごいね、おめでとう！」と言って終わりなら、あまりにも向上心がなさすぎる。妬み嫉みとは別の、純粋な刺激を相手から受けないのだとしたら、これほどつまらない友人関係はないだろう。祝う気持ち、誇りに思う気持ち、それだけではなく、もっと自分の芯に深く関わる、簡単には言葉にならない感情が欲しい。

中国茶のおかげで、体中の管という管のつまりが取れた。すると途端に腹が減ってきて、結局、参鶏湯を食べに新大久保へと向かった。韓国食材の店で、カラフルな餅菓子と、噂の麺を買うことも忘れない。専門店で韓国のり巻きもテイクアウトした。それじゃあまたね。いつも別れ際はあっさりだ。我ら胃が合うふたり、酒も飲まずに屈託なく食べ、夜食を確保してそれぞれの場所に帰っていく。なかなかかっこいいじゃないか。

私は常に、彼女にとって刺激的でありたい。老後の茶飲み友達になっても、だ。

関係は変わっていくのだろうか。
ぜんぜんわからない。
でも、
見ないという選択肢はない。

千早　茜

Akane Chihaya

人の転機をよく目にしてきた。

とはいえ、本当に「変わった」と思える境目は当人がふり返ってみないとわからないものなので、「変わろうとしている瞬間」だろうか。

そういうものを打ち明けられやすいように思う。十代の頃から現在にいたるまで、大学をやめる、風俗で働くことにした、就職はせずに音楽を続ける、道ならぬ恋に落ちた、転職する、などいろんな人に打ち明け話をされた。ここには書けない話もある。親しい人からも、ちょっと知り合っただけの人からも。私は「そうなんだ」と話を聞いた。

転機を打ち明けてきた人は気がつくといなくなっている。流行っていた曲がいつの間にか街中でもラジオでも耳にしなくなり、ある日、懐かしい曲だなと感じるようになるみたいな緩やかな別離。でも、ブレーカーが落ちるように私の前から姿を消してしまう人は決して打ち明け話はしない。そういう別れを知っていたから、打ち明けてくれるのはありがたかった。

たぶん、彼らはもといた場所になにか残していきたかったのだろう。小さな爪痕のような、ささやかな、自分がいた証を。私は変わらない人間に見えるようだ。変化せず、動かず、追ってくることも、妬むこともない、そういう存在だと思われやすいのかもしれない。

自分にとっての大きな転機は、京都でひとり暮らしをはじめた十九歳のときと、小説家デビューした二十九歳のときくらいしかない。三十九歳はなにごともなく過ぎていったし、できればこのまま死ぬまで小説家でいたいので、確かに変化は求めていない。

新井どんはぐんぐん変わる。エッセイ本をだすことにしたと打ち明けてきたのは、いつだったか、いまほど親しくなかったので記録していないが、三年ほど前だったと思う。当時の新井どんの職場があった神保町で茶をしているときだった。驚きはなかった。打ち明け話のほとんどはなんとなく予期できるものであることが多い。恋愛相談をしたいと言ってきた知人に「〇〇さんみたいな人がいいんじゃない」と言ったら「実は〇〇さんと付き合っていて……今日はその話をしようと思っていました」と、はからずも先手を打ってしまったこともある。その人を見ていると、うっすらと道みたいなものが浮かんでくるのだ。新井どんに関しては、書店員仲間と我が家に遊びにきたときに、新井どんだけが私の仕事机を見て「ここで文章が生まれているのか」とつぶやいた。だから、書くことに憧れがあるのかなと感じていた。エッセイ本をだすことになるのは自然な流れに思えた。

新井どんは書店員とエッセイストの二足のわらじ生活をスタートさせた。そして、今度は踊り子と三足のわらじになる。踊り子になることも彼女は打ち明けてくれた。もともとあまり自分の事情を人に伝えないタイプなのに。

それは二〇一九年十二月十五日、一緒に『川崎ロック座』へストリップを観に行き、焼肉を食べているときだった。林檎の千切りをのせた牛ロースがとても美味で、昼間から酒を飲み、デザートメニューにはパフェがあり、私も新井どんも大変良い気分になっていた。私はなんでも奉行をするのが好きなので、ひょいひょいと焼きあがった肉を新井どんの皿へ盛っていた。新井どんは人に焼いてもらった肉を素直に食べながら「踊り子デビューするわ、オレ」と言った。なんでもない口調だったが、ここ最近のいろいろなことが腑に落ちた。仲良くなった踊り子さんたちと温泉に行ったり、衣装を着た写真を送ってきたり、身体を鍛えはじめたり、LINEの返信が途絶えたり、なによりその十日前くらいに送られてきたメッセージが、

——いろいろ話したいことがあるがなかなかそういうときに限って会えぬな

だった。めずらしい、と思った。東京と京都で住む街は違っても、わりと頻繁に会っ

ているのであまりそういったことは言い合わない。会いたいぜ、と思っても言葉にするタイプではない。そして、そういうメッセージに対して「どうした」と訊いても説明してくれる人間でもない。私は「そうだな」と返し、ＬＩＮＥはなにごともなかったかのように睫毛エクステの話になった。

肉を焼きながらそんな経緯が瞬時によみがえったが、やはり私は「おーそうなんだ」と答えた。つくづく芸がない。でも、ちょっと楽しくなってきて、楽屋の様子教えてねとか、差し入れ持ってくわとか、先のことをわくわくと想像した。

けれど、新井どんは真剣だった。踊り子をつとめながらも、書店員も続けようと、各方面と話し合いをしているようだった。見えないところで努力をしているのだと思った。忙しくても、忙しいなんて言わないやつだ。

大晦日、腰を痛めた新井どんが京都にやってきた。食欲はあるがよぼよぼしている。踊り子デビューに向けて練習しているのだろうなと思ったが、無理するなと言っても本人がしたくてやっていることだから意味はない。私の知らない世界なのでアドバイスできることもない。立つときがつらいと言うので「座ったままでできるやろ」と大根を渡して、しゃぶしゃぶ用の大根おろしを大量に作ってもらった。

年が明けてからも、LINEでのかすかなぎこちなさは続いていた。流れていく短いメッセージは可愛いとか面白いとか旨いとかそのときどきの感覚しか伝えない。好き勝手にボールを投げ合うような浅さが楽しくもあり、もどかしくもある。深くて重い球は相手の顔が見えないと投げられない。

あまり映画館に行かない新井どんが韓国映画『パラサイト　半地下の家族』を観たという話から、新大久保で食べ歩きをしようということになった。関西に住む私にとってコリアンタウンは大阪の鶴橋(つるはし)だが、東京は新大久保だそうだ。私は韓国餅に目がない。甘いのから辛いものまで三百種近くあるとネットで読んでたまらなくなった。他にも分厚いサムギョプサル、焼きたてのホットク、真っ赤なヤンニョムチキン、チーズたっぷりのダッカルビ……どれもこれも旨そうで検索しているだけで唾がわいてくる。一日では足りないかもしれない。

しかし、新井どんの食いつきはいまいちだった。韓国風かき氷への反応も薄い。前日になっても店が決まらない。若干不安な気持ちで新幹線に乗り、東京に着くもメッセージに既読がつかない。ふと、ツイッターをひらくと新井どんが「大事なお知らせ」という題で、踊り子デビューを発表していた。え！　今日？　いま、発表ですか！　と驚いて駅で足が止まる。そうしてる間にも、どんどん「いいね」の数が増えていく。混乱している人もいる。スマホが震え、「新井さん、踊るんですか……?」「え、新井さん、脱ぐの? どういうこと?」と出版業界の知人からメッセージがくる。なぜ私に訊く……私が把握しているのは胃だけだよ……。いや、でも胃もいまは把握できていない。新大久保でなにが食べたいか、新井どんからのリクエストがないのだ。

ツイッターを眺めていたら私のタイムラインに『甘露』という中国茶の店のデザート写真があがっていた。私は中国茶が好きで、茶も茶器も集めている。その店は中国茶好きの知人から以前お勧めされていた店だった。もう、のんびり茶がしたいぜ……と思っていたら、新井どんからメッセージがきて「ここいきたい」と『甘露』のURLがついていた。さすがだ、胃が合う友よ!

新大久保の隣の駅の高田馬場で降りて、新井どんと落ち合った。ちょっと疲れた顔をしていた。青白くて、寒そうにしている。なにより表情が硬い。新井どんはときどき硬くなる。ゆっくり歩いて店に向かった。『甘露』はすっきりとした白の建物で、階段を下りて入る半地下構造になっていた。席についてて顔をあげると、天井近くの窓から地面が見える。「半地下だね」と言い合った。

『パラサイト　半地下の家族』は半地下住宅に住む貧しい一家と、高台の高級住宅地に住む裕福な一家の交わりと悲劇を描いた作品だ。カンヌ国際映画祭でパルム・ドールを取り、アカデミー賞でも作品賞を含む四部門で受賞した話題の映画なので、改めて内容を説明するまでもないだろう。エンターテインメントとして凄く良くできている作品だと思った。あちこちにブラックジョークも入れてくるので、映画館では笑い声も聞こえた。けれど、私は笑えなかったし、うまく感想も文字にできなかった。

花茶と〈双皮奶(シュアンピィナイ)〉という広東式ミルクプリンを食べながら「ちはやんに『パラサイト』について書いてほしい」と新井どんは言った。新井どんはときどき鋭い。私は点心のセットを食べながら生返事をした。普洱(プーアール)茶を飲み、蒸したてのおこわに〈うさぎまん〉も食べた。新井どんはすごく時間をかけてミルクプリンを食べている。いつまでも減らない。食欲があまりないと言う。そんなことがあるのか、と心配になった。

烏龍茶を頼んで、新井どんにも注いだ。中国茶は掌(てのひら)にのるくらいの小さなぽってりとした茶壺という急須でちまちまと淹れる。良い茶葉だと十煎近くでる。傍らで湯をわかし、酒杯くらいの小さな器に注いでは飲み、注いでは飲みする。一緒に台湾旅行をしたとき、雨が降った日があり茶藝館に行った。庭の濡れた緑を眺めながら何杯も茶を飲み、旅先とは思えないくらいゆったりした時間を過ごした。そのときのことを思いだした。私はひとりでもよく中国茶を淹れるが、人と飲む中国茶はまた違う。相手の呼吸や飲むスピードとこちらが茶を淹れる所作がゆるやかに溶け合っていく。喋ってもいいし、黙って茶の香りに浸っていてもいい。

『パラサイト』のことを考えた。私は小学校の大半をアフリカのザンビアで暮らしている。アフリカといってもちゃんと街だ。ライオンが近所をうろうろしているわけでもなければ、狩猟生活をしている人もまわりにはいない。それどころか、私たち家族は高級住宅地に住んでいた。敷地内はスプリンクラーで水がまかれ、本気で泳げるプールがあって、果樹が茂り、番犬が放し飼いだった。庭師に門番、家政夫と、全部で使用人が四人いた。彼らは現地の人で、黒人だった。当時、私たちは彼らを「サーヴァント」と呼んでいたが、一度エッセイにその訳である「召使」と書こうとしたら編集者からちょっと濁してほしいと言われた。「使用人」もあまり感じが良くないそうだ。そのときに気づいた。日本に住む大半の人間は家庭で人を雇ったことがないのだと。使用人は使用人だ、濁したって意味は変わらない。敷地内には常に家族以外の人がいて、困ったことがあれば彼らの名を呼べばよかった。彼らはにこにこと雇い主の子供である私に優しくしてくれた。映画で、裕福な一家に取り入ろうとする貧しい一家は無害そうな顔を作って接する。しかし、彼らには裏の顔があり、裕福な一家が外出した隙に広い家で好き勝手に過ごす。私は両親がパーティーでいなかった晩、留守と子守りを任された家政夫が我が家の居間の大きなソファでテレビを見ているのを目撃したことがある。彼の家族は敷地内に住んでいたが家にはテレビがなかった。彼はクリスチャンで、使用人の中では一番英語ができて、いつも笑顔だった。けれど、他の使用人の前では声が低く威圧的になるのを私は知っていた。私はテレビを見る彼に気づかぬふりをした。彼の裏の顔がでるのが怖かったから。それは、私が知る必要のないものだと思った。『パラサイト』の感想で、裕福な一家はあまりに鈍感すぎるというものがあった。それは当たり前だと思う。生活の中でそんなに敏感ではいられない。少なくとも私は使用人たちがどんな想いを抱いて、自分たちのことをどう見ているのか、考えないようにして暮らしていた。そうでなくては、子供が大の大人を使用人として扱うことなんてできない。友達ではない、立場が違う。そういう線引きをしながら接していた。ときには鈍感さや無邪気さを装いながら。映画はどちらかというと貧しい一家の目線で描かれていた。だから、私は昔の自分の姿を突きつけられたようで苦い気持ちになった。日本にいる今、私はひどく裕福でも、ひどく貧しくもない。『甘露』の半地下の窓から差し込む光はやわらかく、映画で描かれていた汚水が逆流してくる半地下とはまるで違う。ああいう貧しさの渦中にはいない。映画にお金と時間を割ける人間も大方がそうだろう。裕福さのリアルも貧しさのリアルも知らない人々が『パラサイト』を観て「おもしろかった」と感想をSNSにのせる。それこそがブラックジョークめいているように思えた。

でも、そんなことは言えない。話しても仕方がない。私という個人の口から語ったとしても伝わらないし、自分の体験を特殊なことと捉えられるのも本意ではなかった。だからこそ物語という表現方法を選び、だからこそ誰になにを打ち明けられても動揺しない気がする。

私がぼんやり考えている間、新井どんはここ最近の出来事をぽつぽつと話してくれた。初めて職場の飲み会の幹事をやったこと、踊り子になったらいままでのようにはストリップに行けなくなること。ときどきスマホを見て、踊り子になることへの反応が好意的で良かったと、ふにゃっとした顔で笑った。彼女なりに気を張っていたのかもしれない。

話しながら、〈玫瑰苹果湯圓（メイグイピングオタンユエン）〉という林檎のシロップが入った薔薇の白玉と、〈桃膠（タオジャオ）〉という桃の樹液のデザートを食べた。あたたかく、蕩（とろ）けるような香りがして、神様の国の食べ物みたいだと言い合った。新井どんの食欲が戻ってきたのでほっとする。人は変化していく。友情だって、愛情だって変わるし、相手の気持ちはわからない。人は誰もが自分以外のリアルを知らないのだ。けれど、同じものを食べて、おいしいと言い合うその瞬間だけは信じられる気がする。

『パラサイト』で一番刺さったのは、裕福な一家がキャンプ場から帰ってくるときの電話で「チャパグリが食べたい」と言ったところだった。二種類のインスタント麵で作るちょっとジャンクな料理を、家政婦をやっている貧しい一家の母親は作り方も聞かずに大急ぎでダンダンと作る。貧富の差はあれ、彼らは同じ民族で、同じ食文化にある。高級な肉を使うか使わないかくらいの違いしかない。てらてらと輝くチャパグリはとてもおいしそうだった。私はアフリカにいたとき、使用人とは食文化が違った。両親が彼らの主食であるトウモロコシの粉で作ったシマを食べてみようと言ったとき、子供の私はちょっと嫌だと思った。その気持ちがまだべったりと残っていて、『パラサイト』を観てやっと私は「違う」ということに逃げていたかったのだと気づかされた。

私の夫と新井どんは一緒に食卓を囲んだこともある。新井どんが踊り子になるという話をすると、夫は「なんか遠くなっちゃうな」と言った。私はそれに「別に人はもとから近くも遠くもないよ」と返してしまい、ムキになっているみたいで恥ずかしくなった。

そういえば、踊り子になると打ち明けられたとき、私は自分は定点のような気がすると言ったのだった。私は不器用で、わらじは一足しか履けない。小説を書いている間は他のことはできない。でも、まわりの人は変化していくから、自分は定点のように動かずその変化を眺めて記録する人間なのだと思うと、訊かれもしなかったのに話してしまった。新井どんは覚えていないかもしれない。でも、なぜそんなことを話してしまったのかずっと気になっていた。人が自分の決意を言葉にしたくて打ち明け話をするように、私も自分の現状を確認したかったのだろうか。

夫の言う「遠くなるな」を認めたくなかったくせに、立場の違いを確認しようとしたのはなぜか。立場の違いはすれ違ったり離れてしまったときの便利な言い訳になるからだ。使用人の気持ちを想像しないようにしていたのと同じだ。

なんて弱い。次々に新しいことに挑んでいく新井どんの人生は面白い。羨ましいとは思うが、自分にはできないとわかっている。嫉妬というのは自分ができると思うから抱く気持ちだ。だから、嫉妬はしないし、する権利もない。けれど、私は新井どんに変化のないつまらない人間だと思われるのが怖かったのだ。だから、定点なんていう打ち明け話をした。半分本音で、半分虚勢だ。

まったく情けないと苦笑いしながら、三種類めの白茶（はくちゃ）を蓋碗（がいわん）という茶器で注いだ。

「オレ、食欲でてきた」と新井どんが言った。外はもう暮れだしていて、店に入ってから五時間も経っていた。嫌な顔ひとつせず、サービスで向日葵（ひまわり）の種を炒ったものまでだしてくれた『甘露』店主に感謝の気持ちがわきあがる。

新大久保に戻るとぎらぎらとまぶしかった。韓国コスメの店が並び、片手にタピオカドリンクを持った若い子が大勢いる。人混みで「帰りてえ……」と新井どんがつぶやく。メニューはチヂミと参鶏湯のみという硬派な店に入り、ぐつぐつした黒鍋を囲む。白濁したスープが美味しかった。スーパーでモドム餅と「チャパグリ」用の麺を買い、韓国のり巻き専門店でキンパを選ぶ。新井どんは二本買っていたので、もうすっかり体調は戻ったのだろう。

それでも、さくっと別れた。まだデパートも開いている時間だったので、デパ地下を物色して帰る。ホテルに戻り、持参した茶を淹れて今日の記録をつけた。

これから、関係は変わっていくのだろうか。踊り子になった新井どんを見て、自分はどう感じるのだろうか。ぜんぜんわからない。でも、見ないという選択肢はない。書くという道を選んだ自分にとって、それだけは絶対にないのだ。だったらすべてを受け入れる他はない。

ひとりで飲む茶はやはりまったく違う味がした。

ステイホーム編

新井見枝香

Mieka Arai

近所のスーパーから帰ると、パックの苺がマイバッグの中で盛大に潰れていた。赤い汁が滴り、大根や牛乳パックがジャムみたいな匂いを放っている。どうしていつもこうなるのか。ドリップが出始めた半額の鶏肉とか、総菜コーナーの中華風春雨サラダとか、汁が漏れそうなものはもちろん、ポリ袋に入れている。だが、それを雑に放り込むから、中でひっくり返って、ポリ袋から汁が漏れている。買い物のたびにマイバッグを洗っている気がするので、よほど袋詰めと運搬が下手なのだろう。畳んで仕舞えばまたケロッと忘れるところは、長所なのか短所なのか。シミだらけにされつつも、健気に耐える丈夫なマイバッグは、ちはやんのものだった。例の如く、いつどういうシチュエーションでもらったかは覚えていない。彼女なら、スーパーで買った品物を、きれいに袋詰めするだろう。重いものは下に、泳がないように脇も埋めて、隙間なく整然と。京都から届く小包みたいに。

時折「甘やかしおやつ便」などと称して、クッキーやチョコレートなどが、茶葉とともに送られてくる。しょっぱいものも忍ばせてあったり、賞味期限が近いものには注意書きがあったりと、その至れり尽くせりっぷりもすごいのだが、まず梱包の美しさに感動するのだ。プチプチに包んでパズルのように塡め込まれたおやつは、瓶詰めのジャムも繊細な琥珀糖も、破損していた例がない。それが大切に扱われたことが、包みを解けばわかるのである。茶葉は一回分ごとに小分けされ、手書きで「鳳凰水仙」「梨山烏龍」などと、手書きのシールがちまちま貼られていた。極め付きは緩衝材だ。上にふわりと載せてあるのが、ポン菓子だったり、袋詰めの飴だったりして、これがまた特別に美味しい。ネット通販で届いた段ボールに、ヤニ臭い何かの裏紙が詰まっていると、ゴミを送りつけられたようで悲しくなるが、美味しいお菓子なら大歓迎だ。

　毎年バレンタインが近付くと、チョコレート好きの彼女は鼻息を荒くする。狙っていた数々のチョコレートが手元に揃うと、「一日一チョコ」と言って、丁寧に撮影して、大切に味わっていく。きっとあの黒革の手帖に、香りや食感を細かく記録しているのだろう。それを私にも、少しずつ箱に詰めて送ってくれるのだ。チョコレート弁当、略して「チョコ弁」。料亭の仕出し弁当みたいに、お品書きも入っている。確かに「チョコ弁」のチョコは、どれも目が覚めるほど個性的で、生まれて初めてチョコを食べたかのような、思い返せば恥ずかしいくらいのリアクションをしてしまう代物ばかりだった。

そういう、本当に好きだからこそ、選んで手に入れることができた宝物を、スッと人に分けてあげられる人なのだ。私は軍艦に載ったいくらの一粒だって、泣きながら分けるのに。泣くくらいなら分けなくていい。

新型コロナウイルスの影響で、職場の書店が休業し、もうひとつの職場であるストリップ劇場も営業を自粛する中、胃が合う友から時折届くそうした小包は、今まで以上に輝く宝箱だった。スウェーデンのクッキー詰め合わせが届いた日など、わざわざ床にヨガマットを敷いて、真夜中の森で秘密のクッキーパーティーという設定を作り、一日に二種類しか食べてはならないという謎のルールを守って、四日にわたりパーティーを繰り広げたほどだ。客観的な新井が冷静に観察する新井は、床に座って、全く普通のボリュームで「紅茶をどうぞ！」「まあ、ありがとう！」と一人二役をこなしていた。いかれ帽子屋と不思議の国のアリスという設定らしいが、両方いかれている。

そんな日々は、他者とコミュニケーションをとることが面倒くさい私にとって、決して悪いものではなかった。元々「さみしい」という感情が欠落していて、「誰でもいいから話をしたい」という欲求も未経験だ。SNSは商業用だし、電話は大嫌いで、Zoomなんてもっての外(ほか)だ。しかし「ちはやんに伝えたい」案件は、未決ボックスに積み上げられ、今にもズシャーンと崩れそうだった。

そこで、ちはやんに長文のＬＩＮＥを送ることにした。ギョッとしたのではないかと思う。原稿用紙二枚分近くあったはずだ。たぶんＬＩＮＥって、そういうツールではない。ひとつの吹き出しだけで、スマホの画面が埋まった。だが、メールでは畏(かしこ)まりすぎている。食べたもの。読んだ本。ふと思ったこと。体調。それを共有したいと思っている自分を面白がりながら、面白おかしくすることなく、素直に書いた。布団の中で書いたものを読み返して、吟味した画像を一、二枚付けて送ると、なんだか満足してぱったりと眠れた。目が覚めると、律儀な友からは、それと同じか、時には上回る分量のＬＩＮＥが届いていた。普段やり取りする、スピーディーで簡潔なＬＩＮＥよりずっといい。なんだかホッとした。

　胃が合う友との「文通ＬＩＮＥ」はしばらく続いた。その間に、京都の『Ｂａｒ月(つく)読(よみ)』で、ライブ配信があった。アコーディオンとコントラバスの男女ユニット「mama!milk」の演奏を、YouTubeで聴けるという。小説『男ともだち』にも出てくるバーには、二度連れて行ってもらったことがあった。マスターの穏やかな雰囲気と、店内に響く音が心地良い。何よりそこにいるちはやんが、ふわりとリラックスした香りを漂わせていることが喜ばしかった。

　定刻通り始まった配信をスマホで観る。楽しみにしていたライブが軒並み延期となり、私も彼女も音楽に飢えていた。画面の中は、営業自粛中につき無観客だが、それがモノクロームのフィルターと相まって、非現実感を漂わせる。私たちは同じ時間、別々の場所で、同じ音楽を聴いた。哀愁漂うメロディーを、楽譜からはみ出るように膨らませるアコーディオン。それを支えるコントラバスは、淡々とリズムを刻むようで、アコーディオンに絡みつき、ギラリとしたうねりもあって……。どうも気持ちよくなってしまった私は、部屋で裸のまま、くるくると踊り始めた。あの足音が響く床で、ビリヤード台のまわりを踊る。カウンターに座ったちはやんが、振り返って私を見ている。踊る人と見る人。自分とちはやんの関係だ。踊り子になって、三つの劇場でステージに立ったが、いつもああして客席で見ていてくれた。ますます得意になって踊る。

『月読』の古時計がボーンと鳴った。初めて訪れた日は、笑っちゃうくらいの土砂降りだった。大事なことは、香りや音とともに、ちゃんとこうして思い出せるのだ。

と、ここらで終われば美しいのだが、都合の悪いことを書かずに済まそうとする、書き手にあるまじき悪癖が、私にはあってだな……。困ったことに、それこそが、私が本当に書き留めておくべきことだということも今、うすうす気付いてしまっている。

まだ四十そこそこの働き盛りの女二人が、常に安定した精神状態でお互いを思いやり、いつもニコニコ仲良しこよしなんて、よっぽどおめでたいか、どうでもいいかである。少なくとも、マイバッグの中が汁だらけになる人間には、我慢も冷静さも足りていない。リモートで一緒に過ごした『月読』の晩を迎えるまでには、我らの関係にも、一波乱あったのである。

それは文通ＬＩＮＥを始める少し前のこと。「ちはやんてＬＩＮＥだと性急だな」という、明らかに私の気分的な突っかかりから始まった。お互い顔の見えない中、短い言葉では相手のテンションも伝わらず、小さな苛立ちが溜まる。そこに悪い条件が重なり、私の勘違いもあって話はこじれ、「ちょっと落ち着いてほしい……」と言わせてしまうほど、頭に血が上ってしまった。

ＬＩＮＥのやり取りを読み返せば、私の主張は、手当たり次第に袋へ突っ込むような雑さで、彼女の返答には、あの小包のように、落ち着いた思考があった。文通ＬＩＮＥは、それの対応策だったのだ。元はといえば、私がＬＩＮＥで送る言葉が、あまりに足りていないのに、伝わっていないと憤慨していたわけだから、ちょっと落ち着いて、文章を書いたほうがいいよお前、と思ったのである。偉そうにエッセイを書き散らしていても、いちばん身近な人に伝えられないなんて、何のための文章力だ。

そのあと、新型コロナウイルスの状況は悪化し、すぐに東京で会えるはずだった予定が飛んでしまった。直接会って、ごめんねと言いたいが、あまり時間が経ってしまうと間抜けなので、そろそろ収束してほしいと切に願っている。あの人は、自分自身の落ち度を絶対に許さないくせに、自分が謝られるようなことはすぐ「何のことだっけ？」なんて忘れてしまうのだから。

そろそろ、
会いたいね。

千早　茜

Akane Chihaya

私のスマホは保存してある写真をときどき表示する。

画面に浮きあがる「この日」の文字の下には、きまって新井どんの写真がある。待ち受けにしているみたいで恥ずかしく、ひとりでいるのにビクッとしてしまう。写真の中の新井どんは、たいてい片手に飲みものを持っているか、なにかを食べている。美味しいのだろう、良い笑顔だ。

スマホは一年前の今日、なにをしていたのか写真で教えてくれているようだ。機械に疎(うと)い私にはどういうきっかけでその機能が作動するのかわからない。あまりに新井どんの写真が表示されるので、機械に心を見抜かれているような気分になる。

そう思うのは、新井どんと会えていないからだ。四月上旬、新型コロナウイルスの感染防止のため緊急事態宣言がだされ、県をまたいでの不要不急の移動はできなくなった。東京での仕事もなくなり、新井どんの勤める本屋もストリップ劇場も休業になった。会えない。

会えないときに「会いたいね」と言葉にすることを、私はあまり好まない。彼女に対しては特に、そういうことはしたくないという気持ちが大きい。本当に会いたかったら、会う。「会おう」と言う。そこにごちゃごちゃと説明や感情をくっつけたくない。希望がかなわなければ諦めて、他の楽しみを探す。新井どんも「会いたいね」なんて言わないし、なんとなく、それくらいのドライな間柄でいたい。

友人と会えない寂しさも外食できない鬱憤（うっぷん）もあるが、もともとひきこもり気味の私は、自分の機嫌をとるのがわりあい得意で、自粛期間中も菓子や茶のお取り寄せを好き放題してそこそこ楽しく過ごしていた。ちょうど仕事もたて込んでいて、緊急事態宣言下でなくともほとんど外出はできなかっただろう。ほぼ普段通りの生活だった。

けれど、スマホの画面に新井どんの写真が浮かぶ。『味坊（あじぼう）』で骨つき羊肉に齧りついたり、台湾でマンゴーかき氷に喜んだり、大阪でパフェを食べたり、京都の『Ｂａｒ月読』で澄ました顔で青いカクテルを飲んだり、『南座』で紅白最中を胸にあてて（乳首に見立てている？）白目をむいたりしている（なにがしたいんだ？）。一年前の四月と五月、どんだけ会ってたんだよ、と苦笑がもれる。そういえば、去年の今頃、新井どんは転職のタイミングで長い休暇があったのだ。せっかくの休みだからと一緒に遊び狂った。この自粛という、休みのような休みではない時間をどう過ごしているのだろうと気になってくる。

心配な気持ちもあった。新型コロナウイルスの報道を見ていると、急変して自宅で亡くなっている感染者もいた。在宅仕事の私と違い、新井どんは接客業。多くの人に会っている分、感染のリスクも高いだろう。なまじ体力と胃に自信があるので、ちょっとした体調不良も見過ごしそうだ。

昔、アフリカ時代の友人が、帰国してからマラリアを発症したことがあった。私はその頃、小学生だった。お見舞いに行きたいと言うと、「感染症だから隔離されている。無理だよ」と親は答えた。そのとき脳裏をかすめたのは映画『E.T.』で見た防護服を着た人々だった。そして、ビニールシートで覆われた部屋で弱っているE.T.の姿。その想像はそう的外れなものではなく、感染症というのは「触れ合えなくなる」病気なのだと知った。

感染症に罹ったら会えなくなる。万が一、命を落としたら会えないままさよならだ。自分も、家族も、友人も。しかし、だからといってなにもできない。自分自身の健康管理をして、どうか無事でいて欲しいと願うだけだ。新井どんのことが心配だったが、「会いたいね」と同じように「心配だ」と伝えるのもしっくりこなかった。彼女は自立した大人だし、会話するなら楽しいことのほうがいい。

幸い、新井どんとはよく連絡を取っていた。朝起きると、昼夜逆転している彼女から長文ＬＩＮＥが届いている。朝方に眠りにつく前に書いたのだろう、深夜散歩をしたとか、炊飯器で煮豚を作ったとか、読んだ本や漫画の感想が日記のように書かれている。いつも通りの他愛ない内容。しかし、今日は低気圧でぐったりだとか、最近ちょっと肌の調子が悪いとか、体調についての段落はなんとなく真剣に読んでいる自分がいる。やはり、心配なのだ。

気になってんじゃないか、と思う。無事な姿を見たいんじゃないか。そのくせ、生活や体調を詳しく訊いたり、電話したりはしない。流行りのＺｏｏｍ飲み会なんてやる意味がわからない。一度だけ仕事でＺｏｏｍを使ってみたが、すごく苦手だった。

なので、自分も食べたものや失敗談、たまに行くスーパーでの苛立ちといった、どうでもいい内容の長文メッセージを送り返した。

しかし、なんだかさっぱりしない。

そこで、スマホに新井どん画像が浮かんだら、ものを送りつけることにした。もやつくときは行動だ。ポルトガル料理の店で卵菓子を食べまくっている写真を見たら、その店の巨大カステラを。一緒に茶をしている写真を見たら、スウェーデンの茶菓子セットを。自分の分と新井どんの分をオンラインで注文する。デパートが休業する前に買い漁った菓子や茶の中から、美味しかったものや新井どんの好きそうなものを見繕って送る。新井どんからも一緒に行った『甘露』の自分で作るスイーツセットが送られてきた。完成までに十時間かかり、なんの試練だ……と思ったが、棗と白木耳と桃膠をくつくつ煮る匂いは心地好く、のんびり茶をした時間を思いだした。

食にまっすぐな新井どんからは、ちゃんと味の感想がきた。あの中でどれ好きだった。オレは白いのが一番だった。前に食べたあれに似ているね、ほら梅の。あー似てる。LINEの小さな吹きだしで同じ食べものについて語り合うと、不安が溶解していくのを感じた。この世界に確かに彼女は存在して、同じものを食べている安心感。

朝から雨で、頭痛のひどい日だった。スマホに美しい薔薇色が浮かんだ。天井の高い、がらんとした部屋、ローズピンクの壁には額入りの写真がかかっていて、背もたれのないシンプルな長椅子に新井どんが腰かけている。じっと、なにかを見つめる横顔。壁にかかるたわんだ光でそれが映像作品であることがわかる。

ふいに、音楽がよみがえった。優雅なワルツ。洋館の広間で踊る燕尾服と赤いドレス。スワイプすると頭に浮かんだ映像が画面にあらわれた。新井どんは仁王立ちして、壁一面に映された作品を見上げている。自分の影が映像に落ちているのも気づいていなさそうだ。一年前の今日、銀座の「資生堂ギャラリー」で見た展示だった。私は音楽と映像に夢中になっている新井どんを撮った。きれいだと思ったから。新井どんはいつもまっすぐに作品に向き合う。意識や感覚のすべてを使って集中する。その横顔を眺めるのが好きだ。創作に携わる者として、願わくば自分の作品も誰かにそんな風に味わってもらいたいと思う。

写真を見つめていると頭痛がやわらぎ、初めて新井どんのストリップを観たときのことを思いだした。二月の末、新井どんは福井の『あわらミュージック』で踊り子デビューをした。私は芦原温泉街にあるホテルに宿をとり、観にいった。新型コロナウイルスの影響か、駅も温泉街も閑散としていた。ホテルの大浴場もほぼ貸し切りだった。温泉街でのストリップ鑑賞は夢のひとつだった。しかし、初体験のそれが友人のデビュー公演ってちょっと濃すぎる。

日が暮れてからホテルで傘を借り、ストリップ劇場へ向かった。雨の中、温泉街の街灯が黒く濡れたアスファルトに点々と光を落としていた。土産物屋も喫茶店もシャッターを下ろしていて、歩いている人はいない。送迎の黒いバンが水飛沫をあげて私を追い越し、ピンクのネオンの建物の前で停まる。しんと静まった街でそこだけ人肌の熱が灯っているように見えた。

新井どんのお気に入りだという『あわらミュージック』は二階席まである大きな劇場だった。ステージ端にはピンクの螺旋階段があり、透ける床の二階ステージに続いている。椅子に腰を下ろすとドキドキしてきた。どんな顔で観たらいいのか。いままで一緒にストリップを観ていた友人が服を脱いで踊る姿に自分はどう感じるのか。関係性が変わってしまうのではないか。

そんな雑念は新井どんがステージにでてきた瞬間に吹き飛んだ。シルエットからもう好みだった。赤と黒の小悪魔っぽい衣装も、セーラー服姿も、金髪によく似合っていて可愛かった。音楽も、振り付けもいい。好きだ。なにより表情が素晴らしかった。大好きな本を抱いて笑う。切なげに手を伸ばす。ブーツを履いた脚を自信たっぷりに高くあげる。ライトが動きを追い、白い肌を照らす。自分の好きなものだけで作りあげた世界の中で彼女はキラキラと踊っていた。

「楽しい！」という感情がまっすぐに伝わってくる。踊る身体は「見て！」と言っていた。叫んでいた。笑っていた。

人の作品をまっすぐに見る人は、同じようにまっすぐ放つのだと思った。

気づいたら涙が流れていた。あんまりに可愛くて、楽しそうで、この子はステージで輝くために生まれたんだ、と感じた。そのときも、書いている今も、なにを陳腐で馬鹿げたことを言っているんだと思うが、生のステージというものは奇妙な錯覚をさせる。それが高揚を生む。友人がこんなに可愛いなんて最高だ！　と涙がとまらなくなった。

　新井どんは二回踊った。出番が終わると、少し気分が落ち着いて、二階で手すりにもたれながら新井どんの姐さん、相田樹音さんの踊りを眺めた。笑顔のあたたかい、女神のような踊り子さんだった。ひとつひとつの動きが優雅で美しい。見ているだけでふわっと包まれるような気分になる。

　ぼうっと見惚れていると、手すりが軋んだ。二階には誰もいなかったはずだ。かすかな汗の匂い。誰かきたかな、と横を見ると、Tシャツ姿の踊り子さんがいた。「うわっ」と声をだしてしまう。と、踊り子さんはニヤッと笑った。新井どんだった。すぐにステージに目線を戻す。いつもの新井どんの顔になってまっすぐに相田樹音さんの踊りを見つめる。私も目を戻した。ふたり並んでステージを眺めながら、すごくリラックスしていた。踊り子になった新井どんと、一緒にストリップを観ていた新井どん。ふたつの彼女が、ひとつの身体の中になんの矛盾もなく存在することを、私の頭も身体ももう受け入れていた。私はこの夜を永遠に忘れないだろうなと思った。

　よく考えると、我々は用事がないと会わない。観たいものとか、食べたいものとか、行きたい店とか、会うときには目的がある。Ｚｏｏｍなんかで自粛中の伸びすぎた髪や家着姿を晒しあっても特に楽しくない。同じものを食べて、同じものを観て、満足のため息をつく束の間に感動を共有したい。「最高だったな」「おう」という短い交感。あれはすごく贅沢で、豊かな瞬間だったのだと気づく。

　新井どんからの小包を開いたときに、ふっと新井どんの匂いがした。使っている衣料洗剤や柔軟剤に混じった彼女の体臭は、スマホの画面に浮かぶ写真よりも深く重層的な記憶をよみがえらせた。眩暈（めまい）を覚えるくらいの。けれど、すぐに消えてしまう。匂いが消える寂しさは大きな穴に落ちたようで、私はその底で画像がとりこぼしているものの厚みを知る。

「会う」ということは画面で動く姿を見るのとはまったく違う。匂いとか、間とか、空気とか、気分とか、視覚以外のたくさんのものを交換し合うことだ。写真の中の新井どんは過去で、私が切り取ったものだ。きれいだったり楽しそうだったりするがステージの上の彼女のようで、お客である私に夢をみせてくれるものだ。素敵だけれど足りない。美化されていってしまう。くだらなかったり、生々しかったり、レンズを向けるような雰囲気ではなかったり、ただ黙って横にいるだけだったり、そんな彼女の姿も見たい。

こうして書いていると、少しウェットな気分になってしまった。こんなかたちで気持ちを伝えるなんて駄目なバンドマンみたいだが、非常時なので許して欲しい。

新井どん、そろそろ、会いたいね。

福井・芦原温泉編

新井見枝香

Mieka Arai

電話をかけた三十分後、陽気なオレンジ色の車が、楽屋口の前に停まった。運転席の彼女は挨拶もそこそこに、近くの広場で移動販売しているメロンスムージーが飲みたいと言う。「飲もう」じゃなくて「飲みたい」という言い方に好感を持った。よっぽど美味しいのだろう。そりゃ私も飲みたい。お金を払おうとしたら、自分が誘ったからと、ご馳走してくれた。いい人かもしれない。車で十分もしないうちに、こぢんまりとした一軒家に着いた。見渡す限り田んぼと畑で、人の姿はなく、鳥の鳴き声しかしない。ここはどこだ。初めてお金を出して、プロのマッサージを受けるのだが、これがスタンダードなのだろうか。Tシャツと短パンを借りて足をしばらく湯に浸し、ファーを敷いたマットに横になる。足先からグリグリともみほぐされ、おうおう、なんだか気持ちいいじゃねぇか、と気を緩めた瞬間、尻を踏まれて「ぐえ」と呻いた。踊り子になって、日々のストレッチを欠かしたことはないが、いつも尻っぺたがモヤモヤしたままで、なんだか固く冷えている気がしていた。その尻が今、痛熱い。反対側を向くように言われ、寝返った瞬間、今度は彼女が「うおっ」と声をあげた。目を開けると、借りたグレーのTシャツが、汗で黒々と染まっている。なんだか効いているみたいではないか。しかし彼女は、私の代謝が促進されたことより、ファーのほうが大事らしく、とっととタオルを敷いたベッドに移ってくれと言う。世のマッサージ師は、みんなこんなに遠慮がない接客態度なのだろうか。

私は他人に触られることが好きではない。できればヘアサロンにも行きたくないくらいだ。肩こりや腰痛を感じたこともないので、ベタベタ触られるマッサージ屋なんかには一生縁がないものと思っていた。しかし、十泊の予定で芦原温泉のストリップ劇場へ踊りに来て、半分が過ぎた頃から、足が浮腫み始めたのだ。くるぶしが埋没し、足先はパンパンに膨らませたゴム手袋のようである。お客からは、ふっくらしてかわいいと好評だったが、冗談じゃない。こちとら肌が引き攣れて、踊れば痛いわ、衣装のロングブーツは脱げないわで、緊急事態だ。一日二、三回は温泉に浸かり、寝起きは近所の足湯で一時間ほど読書をしている。これだけ血行が良くなりそうな生活で、なぜ浮腫むのか。ちゃーちゃんにＬＩＮＥで、最高潮に浮腫んだ足の写真を送ると、本気で内臓疾患を疑われ、暗い気持ちになった。

ところで私は、なぜか芦原に来ると、温泉効果で心が緩むせいか、子供返りしてしまう。ちはやんのことを「ちゃーちゃん」と、甘い声で呼んでしまうのだ。それをするりと受け止めて「みーちゃん」と返してくれるのは、彼女の大切な妹も「みーちゃん」だからだろうか。

楽屋の壁には、近所の中華料理店や弁当屋の電話番号が貼ってあった。その中に、タイ古式マッサージ『INDI』の名刺があったのだ。病院に行くよりは、ハードルが低い。電話をかけると、まず「福井の方ですか?」と問われた。割引制度でもあるのかと思ったら、コロナ対策のため、県外の人は断わるようにしているらしい。感染拡大が止まらない東京に比べ、確かに福井は、感染者がほとんどいなかった。生憎(あいにく)私は福井の人ではないが、芦原温泉のストリップ劇場にもう一週間近く滞在していて、熱もないと伝えると、快く引き受けてくれた。踊り子からの電話は二年ぶりで、驚いたと言う。流行ってないのだろうか。よく見ると、壁には整体院のチラシも貼ってあって、どうやらそちらが、踊り子に大人気のマッサージ屋らしかった。

一時間のタイ古式マッサージで、目に見える成果は、絞れるほどの汗と、ほんの少し浮腫みがマシになった足だけだ。しかし、浮腫みやすい原因として、ひどい冷え性体質であること、足の外側に比べ内側の筋肉が極端に足りないこと、アイスの食べ過ぎを指摘された。それは踊り子の私にとって、大変重要なアドバイスだった。確かに私は、楽屋口横にあるアイスの自販機の前を通りかかるたびにアイスを買っていた。ゴミを捨てに行くとチョコミント、蕎麦屋の帰りにストロベリーチーズ、温泉に入ったらラムレーズンと、ひとりで自販機の中身を空にする勢いで食べ続けていた。いくら外側から温めても、内臓をそれだけ冷やせば、元も子もない。冷たくない茶を飲まされ、アイスはしばらく食べないと誓って、またあのオレンジ色の車で、楽屋口まで送ってもらった。自販機でアイスは買わなかった。いちばんの成果は、不安な気持ちが消え、心が軽くなったことかもしれない。

夕方になり、化粧を始めた姐さんたちにその体験を話すと、早速予約を取って、翌日『INDI』に行き、それぞれ腰痛や身体の疲れを癒し、大変満足した様子だった。踊り子はマッサージが好きだ。一緒に旅行に出掛ければ、真っ先にマッサージを予約するし、劇場ごとの、近隣のマッサージ屋情報にも詳しい。マッサージに目覚めた私は、ようやく本格的な踊り子になれたような気がしたものだ。

ちゃーちゃんは、足の浮腫みが限界になる少し前、二泊で芦原にやって来た。ステージが終わると、ちゃーちゃんは宿に戻って温泉に浸かり、私は楽屋で姐さんたちとカレーを作って食べ、真夜中にホテルの部屋で合流した。大きなちゃぶ台の上が菓子だらけだった。真夜中のお茶会だ。どんどこ淹れてくれる茶をグビグビ飲みながら、みっちり詰まった『村上開新堂』の缶入りクッキーを延々と食べ続け、朝方までのんびり喋った。寝不足も浮腫みを悪化させる原因だろうが、こんな楽しい夜を目一杯過ごさない人生に、一体何の意味があるというのか。仕事が立て込み、すでに寝不足だったはずのちゃーちゃんも、クッキーを全種類掘り出すのに夢中である。ほんの少し前に、腸炎を患ったばかりなのだが、とてもそんな風には見えない食欲だ。具合が悪い人特有の、恐ろしいにおいもしなかった。

私か彼女か、どちらかの内臓に異変が起きたら、胃が合うふたりではなくなってしまう。それは連載を始めるにあたって、懸念したことだった。好きなものを食べられない状態になったら、連載を続けることは難しいだろう。消化器系の病気なんて、全然珍しい話ではない。食べることが好きな人間にとって、それがどれだけ辛いことか想像できるだけに、笑えない。煩悩全開で食べ、楽しくエッセイを綴ることができるのは、胃腸の健康が大前提なのだ。ドクターストップを無視して、死んでもいいからとパフェを食べ歩くのは個人の勝手だ。しかし、それが面白いコンテンツになるとは思えなかった。幸い今回は、マッサージから数日で、浮腫みはすっかり引いた。救急車で運ばれたちゃーちゃんも、お酒が飲めるまでに回復した。だが、もしどちらかが、一切酒を飲んではいけない体になったり、甘い物を食べられない体になったりしたら、我々の関係はどう変わるのだろう。あのマッサージ師のように、「飲みたい」「食べたい」と言えるのだろうか。

真夜中のお茶会翌日、ストリップの本番前に、近くの屋台村にある『奏（かなで）』という居酒屋に行った。私が芦原に行くたび顔を出す、何を食べても、飲んでも、べらぼうに美味い店だ。数日前に姐さんたちと仕事後に訪れ、特別に出してもらった秘蔵の日本酒を、どうしてもちゃーちゃんに味わってもらいたかった。しかし私はこれから仕事だ。踊る前に酒を飲むわけにはいかない。へしこをつまんでジンジャーエールを飲む私の横で、ちゃーちゃんはあっさり日本酒を飲んだ。あの、しゅわしゅわした、銀色のラベルの濁り酒を。地元の酒蔵で作った、この店でしか味わえない特別な酒を。

ちゃーちゃんは、私に謝らなかった。飲んでいい？　とも聞かなかった。それでいい。遠慮して飲む酒など美味くない。五貫盛りの寿司を頼んだら、じゃんけんぽんして、好きなネタを選び取る。勝ったちゃーちゃんは、食べたい寿司を迷いなく食べ、私には三貫くれた。サーモンがそれほど好きではないからだ。気を使ったわけではない。そういう風に、我々はいつだって、自由にやってきたんだった。

たとえ胃が合わないふたりになっても、気が合うふたりであることに、変わりはない。

薔薇色の夕日が
一瞬だけ
パラレルワールドを
見せてくれた気がした。

千早　茜

Akane Chihaya

――おはよう、ちゃーちゃん

福井の『あわらミュージック』に踊り子として遠征している新井どんからそんなLINEがきたのは、彼女が東京を離れて四日目のことだった。初日から海の幸やフルーツパフェ、楽屋飯なんかの写真を送ってきていた彼女は、毎日、芦原温泉街のあちこちの温泉に入りまくりすっかりゆるんでしまったようだった。ちゃーちゃん、て誰だよ。

もう昼だったので「こんにちは、みーちゃん」と返す。新井どんは嫌がりもせず、植物と雨水であふれた側溝の写真を送ってきた。なぜ、側溝？　きれいだと言う。灰色の日本海や無人駅の写真も届く。長い梅雨のさなかの、北陸の重い空。それでも、都会で育った新井どんにとってはものめずらしい景色なのだろう。子供のように喜んでいる。

ふっと、温泉街のゆるい空気にひきずられそうになる。いやいや、連載原稿が終わらないと行けないぞ、とパソコンの前で気を引き締める。

念のため、なにか持ってきて欲しいものはない？　と訊いた。新井どんは踊り子デビューをしてから、美容や健康の話を積極的にするようになった。ほぼ食べ物の話しかしてこなかった我々が、効果があったフェイスパックやサプリの情報交換なんかをするようになるとは不思議なものだ。人間、どう変わるかわからない。お土産のハーブティーとプラセンタドリンクはもう用意していた。

けれど、返ってきたリクエストは「指揮棒」だった。練習用のでいい、と言う。ということは、おもちゃでは駄目なのだろう。指揮棒？　食でも美容でもなく指揮棒？　芦原温泉でマエストロになるの？　予想の斜め上の要望に応えるべく市内の楽器屋を検索しながら、ほんと彼女の頭の中はわからんな、と行くのがますます楽しみになった。

三日後、指揮棒が突きでた荷物を抱えて、芦原温泉駅に降りたった。二月に新井どんのデビュー公演を観にきて以来なので五ヶ月ぶりだった。前回と違って家族連れやカップルがちらほらといる。裸だった楓（かえで）の並木は生い茂り、黄土色だった田んぼは青々としていた。湿度がすごい。マスク、蒸れる。差し入れの紙袋がやわやわになっていく。さっそく足湯に行って、電車で冷えた身体を温めた。すぐに皮膚の表面がしっとりと汗ばんでくる。

溝や建物のあちこちから白い湯気がたちのぼる温泉街を歩くと、足の下が息づいているような気分になる。温かい泥が動き、熱い湯が絶え間なく流れ、その気配と音がまとわりついて離れない。湯に浸かっていても、眠っていても、熱がふつふつと地面から湧いてくるのを感じる。熱は生命だ。巨大な怪物の腹の中に入ってしまったみたいで、すこし落ち着かない。でも、どこかわくわくと足元が浮きたつ別世界感がある。

前の滞在時もよく利用した『とも』という喫茶店にいると、新井どんがやってきた。洗い髪で、頬はほかほかと上気している。東京にいるときと顔が違う。すっぴんなのに表情が光っている。私と違って温泉街の空気が肌に合うのだろう。まるで自分の家のようにバナナジュースを頼み「どうする、どこいく」と言う。新井どんがステージに立つのは夜になってからだ。行ってみたかった『奏』という居酒屋を提案すると、「もう開いてるはず。行こう行こう」と笑顔になった。心配されるかな、と思っていたが、新井どんはなにも言わなかった。

六月末、私は生まれてはじめて救急搬送された。昼食後、下腹部に激痛が走り、立つこともできなくなったのだ。脂汗で全身がびしょびしょになり、せめてトイレにと廊下を這ったものの、痛みで気を失った。以前、卵巣の病気をしたことがあったので、念のため救急車を呼んでもらった。検査結果を待ちながら点滴をしていると、新井どんからカレーとナンの画像が送られてきた。子供が泣き叫ぶ救急外来でカレーの匂いを想像してみたが、まったくそそられなかった。点滴中だと伝えると、わりに冷静な返信がきたので少し気が紛れた。

　診断結果はウイルス性腸炎だった。数日、水分しか摂れなかった。連載をひとつ休み、ひたすら寝て過ごした。胃腸には自信があったので少なからずショックではあった。油ものも刺激物もアルコールも当分は避けるようにと医師には言われた。食べたいという気持ちはあったが、あの凄まじい激痛を思いだすと腰がひけ、固形物を食べるのが怖くなった。

　その間も、新井どんは自分が食べたものの写真を送ってきた。ジェラートやかき氷、もりもりの肉ランチ。敬愛するパフェ先生も「お見舞いです」と季節のパフェ（花束に見立てている様子）の写真を送ってくる。「食べられない人に美味しそうなものを見せてごめんね」なんて言わない。そんな気配は微塵（みじん）もない。新井どんが「ドラ猫」と呼ぶ夫も、私の前で平気で大盛りの牛丼を食べ、ビールを飲んだ。私の好きな人たちは遠慮も容赦もない。食べたければ早く元気になるがいい、と煽（あお）られているような気すらしてくる。

それでも、無茶はしなかった。新井どんの身体は変化が大きい。鍛えたり痩せたりを、信じられないような短期間でする。「むくんだー」と言って見せてくる足は、自分の身体では見たことがないような形状をしていたりして慄(おのの)くが、数日経つと治っている。でも、私はそう簡単には身体を変えられない。見えない内臓ならなおさらだろう。温泉旅行には万全の体調で行きたい。私は慎重に腸内環境を整えつつ、ゆっくりと時間をかけて普段の食事に戻していった。黒糖生姜シロップを仕込んでスイーツ欲を抑え、野菜や鶏や乾物を使って栄養豊富な出汁(だし)をとり粥(かゆ)を炊く。身体と対話するような調理はけっこう楽しかった。

復活した気がする、と水餃子の写真を新井どんに送ると、「よし!!」と返ってきた。病みあがり初の外食写真には「待ってました!」だった。新井どんがあまり語ろうとしない、エッセイを通じて知っている彼女の過去がよぎる。他人の不調はどうにもならないことを知っているから「大丈夫?」なんて訊かず、たんたんと対応している気がした。その裏には深い恐れがあるようにも感じた。

居酒屋『奏』の小さなコの字のカウンターで、にごり酒を飲んだ。「うま!」と叫ぶと、「特別なお酒なんだよ」と新井どんが悪い笑みを浮かべる。ひさびさのお酒はとくとくと血をめぐり、温泉とは違う熱を皮膚に点した。大丈夫だ。私の胃はちゃんと吸収している。大好物の北陸のもずくを吸い、がさ海老の塩焼きを頭から尻尾まで殻のまま齧る。だし巻きに山うにを添えると美味しいと新井どんが教えてくれる。彼女は飲んでいないのに旨い食事に酔ったように陽気になっている。種類の違う五貫の寿司盛りはじゃんけんして勝ったほうから選ぶことにした。「じゃーんけーん」の段階で、新井どんの肩に力が入っている。グーだな、これは、と思ったらグー。二回目はいっそう気合いが満ちていた。またグーじゃないか、と思ったら、やはりグー。手加減はせず好きなネタを「いえーい」と取った。白目をむいて天井を仰ぐ新井どん。素直すぎる。

まだ時間があったので、スーパーまで歩いた。温泉街を離れると、道がますます広くなった。民家と民家の間に距離がある。高い建物のない空は覆いかぶさってくるように大きい。車社会なのか、歩いている人は我々以外にいない。私は材木置き場の丸太の上にひょいと乗って歩いた。新井どんは蛙を追いかけていく。「前に送ったの、ここの側溝」と地面を指す。もう雨水はない。「そうなんだ」と言いながら、一緒に歩けて良かったと思う。顔をあげると、だだっぴろい空は薔薇色に染まっていた。ふーっと身体がゆるむ。新井どんを見ると、子供みたいに口を半びらきにして夕日を眺めていた。すごいね、と言い合う。どちらの住む街でもない場所で、子供の顔をしてぶらぶら歩く。もしも、小学生の頃に出会っていたらこんな夕暮れを何度となく過ごしたのだろうか。いや、私はアフリカで、彼女は東京育ちだ。薔薇色の夕日が一瞬だけパラレルワールドを見せてくれた気がした。

スーパーには見たことがない『Big Belly』という看板がかかっていた。字面が非常にアメリカっぽい。店内も広々としてアメリカっぽかったが、鮮魚コーナーには赤ばい貝なんかが売っていた。新井どんは踊り子の姐さんたちと食べる楽屋飯の食材を、私は宿での水分補給のための果物や飲み物を買った。旅先のスーパーは楽しい。使ったことのない食材をどうやって調理するか想像しながら陳列棚を眺める。地元の菓子なんかも買う。思えば、新井どんとは一緒にスーパーに行ったことがない。生活を共にしていないのだから当たり前だ。

牛丼にしたいが米をあまり食べない姐さんがいると迷っていたので、豆腐にかけてあげたらいいよ、とアドバイスする。舞茸と牛蒡(ごぼう)を入れると食物繊維も摂れるし旨みも増す。夫がダイエットをしているときはそうしていた。私が腸炎になったときは、鶏を茹でて、茹で汁を私の雑炊に、茹でた鶏は棒棒鶏(バンバンジー)風にして夫が食べていた。付き合いが長くなると、どうしたって体調の足並みが合わないときもある。それでも、工夫をすれば一緒に食卓は囲める。互いに変な気遣いをしなければ。だから、この先どちらかが健康を損ねるようなことがあったら、スーパーに出かけて一緒に料理でもすればいい。楽観的にすぎるのかもしれないが、そういう食の楽しみだってある気がする。人は変わる。美容について語るようになるなんて想像もしてなかったように、どちらかが菜食主義になるかもしれないのだ。それでも互いの胃を尊重できれば、一緒にいることは可能だ。私がそんなことを考えている間、新井どんは身体に悪そうな真緑の炭酸ジュースを籠に ぽんぽん入れていた。

スーパーを出ると、もう空気は紺色だった。「じゃあ、後で」と私は宿へ、新井どんはストリップ劇場へと向かう。温泉に浸かり、買ったプラムを齧り、化粧を直すと、とっぷりと夜になった。客の顔になって『あわらミュージック』のピンクの看板を目指す。ぴしっと踊り子の顔になった新井どんは白い指揮棒を手にステージに現れた。その晩、披露された新作『メルト』は私の一番お気に入りの演目になった。

休憩中にストリップ劇場のまわりを一周した。楽屋口のそばの自動販売機で、いかにも新井どんが好きそうなアイスを買い、ベンチで煙草休憩をする男性たちに混じって食べる。館内に戻ると、パンツプレゼントのイベントがはじまっていた。新井どんのパンツに群がるお客さんとじゃんけん大会がはじまる。あいつ、あんな涼しい顔してるけど最初はグーだよ、と初々しい若者に教えてあげたい。「はい、では、いきますよお。じやーんけーんー」とアナウンスが響く。

「ぽん！」

満面の笑みで握りこぶしを突きだす彼女にぶはっと笑った。

京都・最後の晩餐編

新井見枝香

Mieka Arai

ガルビュール。その日Twitterを開くと、愛してやまない赤坂のビストロ『コム・ア・ラ・メゾン』の、平たい皿に注がれたスープが目に飛び込んだ。ガルビュールはフランス南西部ベアルン地方の田舎料理で、煮崩れた野菜が浮かぶだけの、極めて地味な見た目である。だが、ひと匙（さじ）口に含めば、目玉がポチャーン。野菜と豆の豊かな甘みよ！　まろやかで力強い塩気よ！　生ハムの骨から取る極上の「だし」よ！　人の目がなければお皿をペロペロしたくなる、理性が揺らぐほどのスープなのであった。だが十五、六人座ればいっぱいの小さな店だ。スペシャリテとはいえ、そうそう頻繁にタイムラインに流れるものではない。やはり投稿者は千早茜、胃が合う友である。仕事で東京に来ているのだ。

そもそも、最初に私をこの店に連れていってくれたのが、彼女なのである。それ以来、特別な日も、何でもない日も、ふたりで食事をしに行った。〈ピレネー山麓の古代種ビゴール豚の生ハム〉、〈山羊（やぎ）乳のチーズ〝ロカマドゥール〟のサラダ〉、〈田舎風パテ〉、

〈ランド産鴨のフォアグラのテリーヌ　アルマニャック風味〉、必ずひとり一皿と決めている、〈じゃがいものクリームグラタン〉、本命の〈スープ　ド　ガルビュール〉も、もちろんシェアなんてしない。しかしデザートは〈アルマニャックのアイス〉など、二、三皿を分け合う。そして食後の紅茶と、焼きたてのカヌレ。終電ギリギリで駅まで走ることになっても、あのカヌレをパスするなんて考えられなかった。創業からほとんど変わらないメニューで、何度か訪れている我々も、やっぱりほとんど変わらないものをオーダーする。それでも毎度、初めて食べたかのように感動した。私はこうして本当に美味しいものにバンバンお金を使い、死ぬときにはガルビュール一杯分のお金も残さないつもりだ。財産がなければ、めんどうな遺言状も必要ないだろう。だが死ぬ間際にどうしても食べたいものだけは、最も信頼できる胃が合う友に伝えている。ここのフォアグラもそのひとつだ。人生の最後にふさわしい味がする。鼻には管が入り意識は朦朧（もうろう）、歯も抜け落ちてほとんど開かなくなった私の口に、ほんのひとかけらでいいから、それを放り込んで欲しい。なぜか「最後の晩餐」を考えると、病院のベッドで身動きが取れず、咀嚼はおろか、水すら自分で飲めないという設定で考えてしまうのだ。とてもじゃないが、カウンターで寿司を食べるとか、好きな人たちと鍋を囲むとかいう発想が湧かない。

　そして最近そこに新しく加わったのが、コールドプレスジュースである。これから死ぬというのに、今さら美容も健康もないが、『DAVID OTTO JUICE』のハニーデューメロンは、ボトルに付けた口が蛭のように離れなかった。あれほど危険な飲み物が、公然と売られていることが信じられない。友よ、どうかあのジュースを脱脂綿に含ませて、死にゆく私の唇に当てておくれ。

そのジュースは九月に入ったばかりの残暑厳しい京都で、ちはやんと歩きながら飲んだのだった。かんかん照りの街は、たった数百メートル歩けば体力を消耗し、彼女との会話を楽しむ余裕もない。おまけに行きたかった店はことごとく定休日だ。こういう時の私は、ささいなことにつっかかって、言わなくていいことを言ってしまう傾向にあった。大変危険だから、彼女の側を離れたい。だが、せっかく京都にまで来て、という思いが、私を止まらせる。ちはやんがその様子に気付いたかどうかは分からぬが、美味しいジュース屋に行かないかと、提案してくれたのであった。ボトルに詰めてもらったばかりのメロンジュースを、んっくんっくと飲み干し、ほうっと甘い息を吐く。彼女に見せたくない自分は、もうすっかり消えていた。さあ、予約をしていた鰻を食べに行こう。重箱でもお櫃でもなく、杉の木でできた大きな桶に、たっぷり三人前。それをふたりで分け合うのだ。外国人観光客が姿を消した祇園の花見小路を、ちはやんの傘で日差しを遮りながらずんずん歩く。私の頭にはもう、鰻のことしかなかった。

京都から帰ったあと、なぜかエッセイや書評の執筆依頼が立て続けにあった。どれも魅力的な仕事で、平常時なら張り切って取り組むところだ。これからしばらく、踊り子の仕事もない。だが、書店の仕事が異常に忙しかった。休業していた近隣の劇場が営業を再開したことで、明らかに店の売上げが上がっている。その上、劇場内の売店で売るはずの公演パンフレットを、我が店が取り扱うことになった。混雑による密を避けるため、売店が休業を選択したのだ。劇場から最も近い書店は臨時の売店となり、これがもう凄まじかった。日に数回、開演前と終演後に長蛇の列ができる。私は興奮した。ひたすらレジを打つ。みるみる減っていく商品を補充する。「最後尾」の看板が必要になったのは、何ヶ月ぶりのことだろうか。だが、仕事が終わるともう、ぐったり疲れて何もする気が起きなかった。これでは原稿も、原稿のガソリンになる読書も全く進まない。

そうした焦りを抱えたままでいると、心はだんだん荒(すさ)んだ。大好きな料理も面倒になって、閉店間際のスーパーで「半額」だけを理由に、海老が乾いて反り返った握り寿司を買ってしまう。自分が何を食べたいかを無視して、安く買える「得」だけを取れば、当然身体は拒否反応を示す。胃が重い。常にうっすらと気持ち悪い。自分自身も気持ち悪い。これはいけない兆候だ。私は、スーパーで店員が半額シールを貼り始めても、そこに群がって押し合いへし合いすることなく、本当に食べたいものを悠然とカゴに入れる人でありたいのだ。そうありたいということは、そういう人が好きなのだろう。逆に言うと、今の私のような人間が嫌いなのである。

きっとちはやんは、こういうことをしない。たとえ半額の握り寿司を買ったとしても、パックのまま食卓に並べたりしないし、蓋をひっくり返して醬油皿の代わりにもしないだろう。茶も淹れず、紙のパックのジュースにそのまま口を付けて飲んで、胸がびしょびしょになることもないだろうし、誰も見ていないからといって、ガルビュールの皿をペロペロしたりもしない。これだけ付き合えば、あの人はそれをしないだろうと、わかるのだ。

ということは、私がそういうことをしているだろうということを、彼女はわかっているのだろうか。恥ずかしい。でも余裕がなくなると、してしまう。だからそういうときは、なるべく彼女と連絡を取らないようにした。東京と京都くらい離れていれば、スーパーでバッタリ会うこともない。LINEを既読にしないことも、Twitterを開かないこともできるのだ。私は彼女を見ないことで、嫌な自分を隠せた気になっているのである。

「依頼で忙しいのは良いことだ。しかし、できたら早めにください」

他の仕事が終わらず、この連載になかなか取りかかれないことをLINEで匂わせると、すかさず釘を刺され、後悔しかない。やさしい言葉をもらえるとでも思ったか。

友達ではあるが、仕事に甘えは許されない。そして友達だからこそ、彼女を焦らせるほどのものを書こうと決めたはずだった。

そうこうしているうちに始まってしまった、踊り子の仕事をこなしつつ、楽屋では血まなこになって、この原稿を書いている。見せたくなかった私を、見せることになるとしても。

なんて、腹を括ったと言えば聞こえはいいが、往生際悪く、忙しいのにがんばったんだなぁと思わせたい私が、この原稿を書かせていることも本当だ。どうしようもねえな。うっかり『Twitter』を開くと、胃が合う友がゲラに追われつつも、旬の無花果と『マッターホーン』のクッキーを、きちんとソーサーに載せた紅茶とともに味わっていることを知った。

私は彼女のようにありたい。せめて、恥じない友でいたい。キーボードの上にこぼれたクッキーの粉を、慌てて払った。

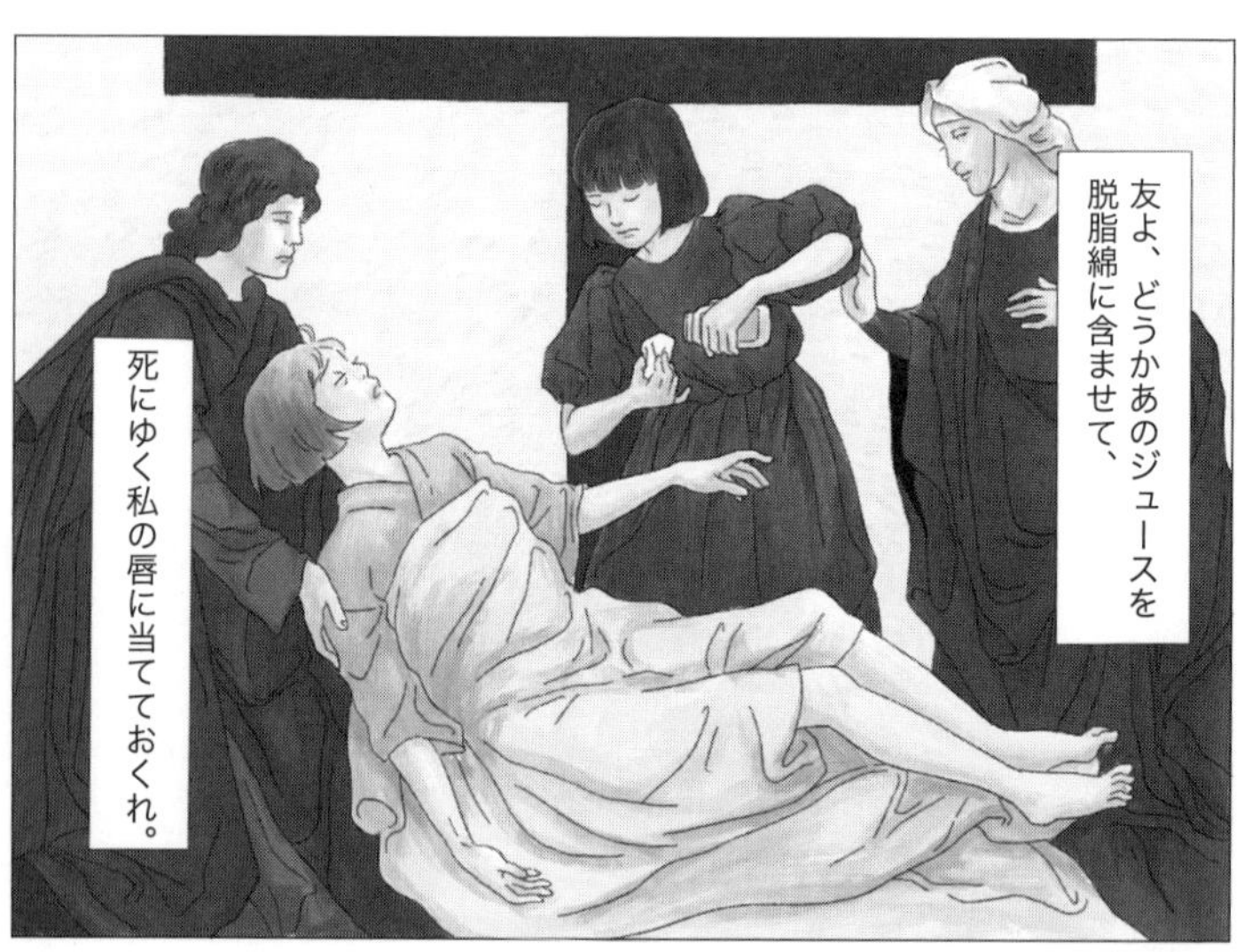
友よ、どうかあのジュースを
脱脂綿に含ませて、
死にゆく私の唇に当てておくれ。

千早茜

Akane Chihaya

汗ばみ、ぐったりした人々に混じり「ありがとうございました」とレッスン室を出ようとしたら、美人で姿勢の良い先生に「千早さん、ちょっと」と声をかけられ、間引くように群れから引っぱりだされた。こめかみをつたう汗を拭い、蒸れたマスクの中で息を整える。居残りだ。

夏の間、ジムの「VOLTJUMP」というレッスンに夢中だった。直径一メートルくらいのトランポリンの上で軽快な音楽に合わせて踊る。八曲あり、すべて振り付けは違う。運動神経がけっして良いとはいえない私は、テンポが遅れたり逆方向へ飛んだりし、終了後たびたび先生から短い指導を受けた。そんな人、他にいない。みんなさっさと立ち去っていく。先生だって次のクラスの時間までに片付けをしなくてはいけない。申し訳なさと恥ずかしさが込みあげるが、そんなものに浸るよりもらった時間を有意義に使わなくてはと背筋を伸ばす。指導は最初はジャンプやステップについてだったが、やがて「フィットネスを意識して」とか「運動前に炭水化物を摂って」といった謎かけめいたものになっていった。恐らく「負荷をかけるべきところにかかっていない」と「後半、ばてている」という意味だろう。「考えてしまっていたでしょ」と言われることもあった。考えていました、と認める。「考えるともう曲が終わっちゃうでしょう」と笑いながら先生は言い、どうすればいいかは教えてくれない。私は一週間、問題の対策を練る。姿見の前で注意を受けた振りを繰り返し、身体に覚え込ませ、先生の合図でぱっと動けるようにする。たとえ眠っていても、「オープンスタンド」の声で飛び起き、ポーズを取れるくらいに。バレエをやっていた先生の合図は的確で、考えずに身をゆだねればちゃんと音に乗ることができる。楽しい。踊ることもだが、課題をひとつひとつクリアすることが快感になっていく。

厳しい人が好きだ。厳しさは信頼の証だから。できる、もっと良くなる、と思ってくれるからこそ言ってくれるのだ。なにくそー楽しい！　と思いながらのめり込んでいく。

この感覚は五歳くらいの頃に知った。国語教師だった母親に日記を提出する日課があった。適当に書くと、赤ペンで真っ赤に染まった日記が返ってくる。くそーと思いながら考えて書くと、良い表現などに花丸がついて褒めてもらえる。一度、母親に怒られた鬱憤をしたためたことがあった。叱り過ぎたねと謝ってくれることを期待したのに、返却された日記帳には「それは大変でしたね」の一言しかなく、いつものように文法や誤字の指摘がされていた。大泣きの描写に花丸なんかついている。愕然とした。大変でしたねって怒ったのあんたじゃないか。悲しいでも虚しいでもなく、ただびっくりして、驚きが去った後に腑に落ちた。この人、親として添削をしていない、と。厳しさは意地悪ではなく、文章の上達のためだけにあるのだと気づくと、技術面の課題をクリアしながらなんとか読み手の感情も動かしてやろうと燃えた。燃えるということは楽しくなるということだ。

小説家としてデビューして初めてついた担当編集者も厳しかった。作品に対してはもちろんのこと、締切を破るときは、破る前になぜ書けていないか、いつなら完成させられるかを報告するように教え込まれた。当たり前のことなのにできない作家が多い。黙って締切を破る、編集者に甘える、言い訳をする。そういった行為はまわりまわって自分の首を絞めることになるんですよ、と諭された。十年以上経った今もあの厳しさはありがたかったと思う。

自然、自分も仕事においては厳しくなる。共作相手から「小説家ヤクザ」と呼ばれたことがある。原稿の取り立てが容赦ないから。それでも、変えるつもりは毛頭ない。仕事での信頼は次の仕事に繋がる。仕事があるということは食っていけるということだ。食えるだけでは生きる理由にはならないかもしれないが、自立して生きていくには食えないことにははじまらない。仕事での厳しさは優しさだと私は信じている。

しかし、仕事なら迷わない優しさを友情関係においてはしょっちゅう見失う。


九月の初め、新井どんが京都にくることになった。正月以来ではないだろうか。今年はコロナの関係でライブ遠征がないのでずいぶんひさしぶりな気がした。

友人が京都にくるとなると、いつも迷う。どこまで世話を焼いていいかわからない。何回かきている人ならなおさらだ。観光客として扱っていいのかどうか。変な気を遣ってしまい、ホテルの場所すらこちらから訊けない。これが東京だったら私の希望を言うが、せっかくこちらにきてくれているのにと口が重くなる。できるなら食べたいものや行きたい店を事前にあげて欲しい。そうしたら、移動しやすいスケジュールをいくつか提案できる。

しかし、新井どんは気分の人間だ。胃袋においては特にそうで、あまり先々の予定を入れることを好まない傾向にある。人気の寿司屋の予約が取れたと伝えると、回転寿司に行ってしまうようなわけのわからない人間なのだ。いわく「寿司気分になった」そうだ。あと数日待てば極上の寿司が約束されているのに……。

案の定、集合場所も時間も決めないまま当日を迎えた。朝の八時に「腹減ったー!!」

とＬＩＮＥがきた。前日入りしていたはずだ。ふむ、モーニングからなのね。いや待て、まず、おぬし、どこにいるんだよ……。ちょうど洗濯物を干していて返信が遅れてしまった。その間に新井どんはひとりでモーニングをしてしまったようだった。昼食は鰻の予定だった。その前に茶をしたいと言う。新井どんとも行ったことがある、鰻屋の近くの喫茶店『回廊』はこの春に閉店してしまった。焦る。わかりやすそうな喫茶店をいくつか提案し、急いで家を出た。

『イノダコーヒ』にやってきた新井どんは少し疲れて見えた。彫りがいっそう深くなって大変私好みの顔になっているが、なんか言える雰囲気じゃない。何度もトイレに立つ。いまや月の三分の二を興行にあて、三足のわらじを履き続けている新井どんの体調が心配だった。連絡がつかないときもたまにある。ちょうどその少し前、共通の知人から「新井さん、すごい忙しそうだけど心配じゃないの？」と問われたことを思いだした。「でも、彼女の人生だから。無理をしたいときに無理をするなとは言えないかな」私はそう答え、「見守るのはもしかしたら優しくないのかもしれないよ」と言われた。

けっこう、揺れた。それはさざ波のように残っていた。

厳しさはわかるのに、優しさはよくわからない。厳しいことが優しさだと思っているから。でも、それは仕事とか習い事とか向上させたいジャンルにおいてであって、友情は向上させるものではない気がする。仕事で関わる人が余裕をなくしていてミスが続いたら、泣こうが怒らせようが指摘してどうしたらいいか話し合う。でも、人が人生や生活で余裕をなくしているときに指摘して意味があるのか。自分が一番よくわかっているだろうし、私は結局のところ、人は自分がしたいように生きていると思っている。自分がそうだから。無様に見えても、優雅に見えても、自分が望んだ姿なら諦めもつく。だから、私は自分がしないようなことをする人を見ても、そこまで感情は動かない。今はそうしたいんだな、と思う。そこに私の評価も嫌悪も必要ない。

恐らく、こういう考え方が「優しくない」と思われるのかもしれない。最も長い付き合いの友人は私のことを「すごく親切だけど、優しいのとはちょっと違う」と言う。「優しい」は他人の評価なので、彼女にとって私はその言葉の通りであり否定も肯定もできない。でも、優しくありたいとは思っている。わかってくれなくても、友人のマイナスになるようなことだけはするまいと決めている。それも私がしたいだけの、ただの自己満足だ。

京都にしては風の抜ける日だったが、やはり暑かった。登山用の強力な日傘を持参したが新井どんがどんどん弱っていく。そんなときに限って新井どんの好きな店が休業日だったり、予約でいっぱいだったりする。あー、先に言っておいてくれれば調べておいたのにー、と暑さとは違う汗が滲んでくる。

ふと、ジムを思いだし「ジュース飲む?」と訊いた。厳しいレッスンの後にいつも行っているコールドプレスジュースの店だ。東京にも店があるが、まあいいだろう。「飲む」と新井どんは言い、「歩ける?」と訊くと「歩ける」と頷いた。

瓜好きの彼女にそこのスイカジュースとメロンジュースを飲んでもらいたかった。私はジュースはあまり好きではない。メロンジュースにいたっては美味しいと思ったことがなかった。果物は好きだが果物香料の匂いは大嫌いで、砂糖の入った飲み物も苦手だった。けれど、そこのジュースは別格で、香料も砂糖も感じない生のままの果汁なのだ。スイカは皮の青臭さもちゃんとあるし、メロンジュースはいつももったいないなと思いながら捨ててしまう種周りの果肉の味がする。人によっては生々しくて苦手に感じるかもしれないが、新井どんは絶対に好きだと思った。

トイレから帰ってきた新井どんはんっくんっくとメロンジュースを飲み、息を吐き、目を輝かして「んまー」と言った。だろー、と心の中でガッツポーズをする。美味だけはなんの躊躇もなく差しだせるな、と思う。彼女の舌を信頼している。思惑も感情も捉えられはしないけれど、これだけ一緒に食っていれば味の好みはわかる。そうか、優しさは食で発揮すればいいのだ。

メロンジュースで元気になった新井どんは鰻をたらふく食べ、鰻の骨をぼりぼり齧りながら歩き、かき氷を三杯とケーキを二個はしごした。最後はお気に入りの居酒屋『高倉』で和え物を好きなだけ頼み、〈松茸と鱧の土びんむし〉で昇天していた。〈生湯葉かけご飯〉で締めると、「わかった、ご飯が足りなかったんだ」と合点がいったみたいな顔をした。最初からわかっていれば、朝食は土鍋ご飯の店にお連れしたのだが、食べてみないとわからないのが彼女の身体なのだろう。

すっかり暮れた帰り道、京都駅に向かいながら「オレが死にそうになったら、あのメロンジュースを脱脂綿に含ませて口ん中に入れてくれな」と新井どんが言う。前も死ぬ前に『コム・ア・ラ・メゾン』のフォアグラを食べさせてくれ、と言っていた。

明日食べたいものがわからない気分胃袋なのに、最後の晩餐は決められるのかい、と突っ込みたくなるが、そういうものなのかもしれないとも思う。人はいろんな矛盾を抱えている。たぶん、私も。

六年前、まだ出会ったばかりの頃、座談会で死ぬときの話をした。私と彼女はふたりとも「ひとりで消える」と言った。野良猫のように。それが変わったのが、良いことなのか、悪いことなのか、決めるのは本人だが、かすかな嬉しさはあった。私はまだ、片手に収まるくらいの好物を持って、ひとり消えるつもりだけれど。

それにしても、歳はほとんど変わらないのにどうしていつも私が看取る設定なのか。おまけに、ここのジュースの製法は秘密で、賞味期限は当日。『コム・ア・ラ・メゾン』にいたっては二〇〇一年の開店以来メニューを変えないこだわりの店で、シェフのお眼鏡にかなうフォアグラが入荷しないと食べられない。フランスで鴨を肥らせるのが禁止になったらどうしたらいいのか。その前に、新井どんが老いるまで両店が存続するのだろうか。確かな舌を持つ彼女は、その稀少性までも見抜く。

あれこれ考えつつも「承（うけたまわ）った」と答えた。

新井どんは忘れてしまうかもしれないし、最後の晩餐をあっさり変更する可能性も大いにある。それでも、私は約束したことをなんとかして守ろうとするんだろうな、と他人事のように思った。それは、そうする自分のほうが好きだからだ。とりあえず、新井どんより長生きすべく健康に気をつけよう。

神保町上京編

新井見枝香

Mieka Arai

一昨日、とあるダンススクールの「バレエ超入門」クラスを体験し、そのまま入会した。百円で借りたバレエシューズで、バーを持ったまま足先をチョコマカ動かす運動には、特に何の感慨も湧かなかったが、確実にやったことがないことだから、やらないよりは良いだろう。もっといいところがあるんじゃないか、踊り子として習うべきものは他にあるんじゃないかと、あるかどうかもわからないものを延々と探し続けるのは、とても疲れる。結局見つからなくて探していた時間が無駄になるかもしれず、そもそもこれ以上探さないのなら見つけることもないので、これよりいいところがあっても気付かないのであり、今決めても何の問題もないような気がするのだ。横着の言い訳かもしれないが。

今住んでいるアパートだって、目に付いた不動産屋にフラッと入って、予算と職場へのアクセスだけで即決した。面倒だから、下見もしなかった。入居した日に、コンロが一口しかないと知り、それだけはちょっと残念だったが、だからといって別のアパートを探すほどのことではない。

ちはやんが東京にやってくる。生まれたのは北海道で、アフリカのザンビアや、九州のどっかにも暮らしたことがあるようだから、たまたま出会った時が「京都の千早茜」だっただけだ。「東京の千早茜」になることが、彼女の感覚において、それほど重大な決意を伴う行為ではないのだろう。とはいえ、親の事情ではなく、初めて自分で選び取った生活の場から離れるのだ。次に暮らす東京にも、引っ越して良かったと思えることが、ひとつでもあって欲しい。生まれも育ちも東京だからといって、別に東京に愛着を感じているわけではないし、東京都の代表でもないのだが、がっかりして欲しくないという奇妙な感情が、私にはあるのだった。

暦の上ではとっくに冬なのに、不自然に温かい気候が続いた十一月の半ば、不動産屋と物件をまわってお疲れ気味のちはやんと、神保町に降り立った。ここは私にとって、ちはやんの影が濃い街だ。すずらん通りを見下ろす喫茶店で話をしたことを、私にしては珍しく、忘れていない。その0地点から、白山（はくさん）通りを水道橋方面に向かって歩く。もう何度もふたりで訪れたはずの『量平寿司』だが、飲食店の灯りが途切れ始め、不安になってグーグルマップを開くか開かないかの頃、必ず曲がるべき路地にたどり着くのだ。

案内されたのは、カウンターのいちばん奥。ここに来る前に食べたアシェット・デセールでも、同じようにカウンターに並んだ。パフェとのペアリングにワインを選択した私はノンアルコールビール、そしてノンアルコールワインを選んでいたちはやんは梅酒のロックという、全く足並みを揃えるつもりがない感じが、いかにも我々らしい。しかしここからは阿吽（あうん）の呼吸である。横長の竹紙に手書き文字で並ぶ季節のつまみを、大人げないほどに、欲望の赴くまま、気が済むまで食べる。どちらかが迷ったら、食べましょうよ、と背中を押し合い、どちらにしようか迷ったら、両方食べましょうね、とうなずき合った。つまみばかりでたっぷり二時間、ここが何屋かを忘れかけた頃、おもむろに居住まいを正して、握ってもらう。好きなものを好きなタイミングで好きなだけ。とはいえ旬のもの、その店で食べるべきものは共通している。「あじ」「いくら」「かつお」「穴子」は声が揃った。食べても食べてもお腹が軽く、寿司が霞（かすみ）のようだ。予約の十八時に腰を下ろしたはずが、時計は二十一時を過ぎていた。松茸の土瓶蒸しに合わせて「浦霞（うらかすみ）」に切り替えたが、酔うためではなく、味覚のためである。この店で酔っ払って味がわからなくなるなんて、愚の骨頂だからな。

　話を聞く限り、まだこれといった物件はなさそうだったが、ちはやんのことだ、しっかり選んで、自分の意志で決めるだろう。ふとした思いつきだとは思うが、以前提案されたルームシェアは、自分の中で、ありえないという結論に落ち着いていた。彼女もそれを感じ取ったのか、その後検討している様子はない。

　何度か旅行した経験を考えると、ちはやんと暮らすことは魅力的に思えた。二人で出し合えば、広い部屋を借りることもできる。お気に入りのテーブルで、のんびりお茶をして、美味しくごはんを食べて、うきうきおやつをつまむのだ。だが、私は人と暮らすことができるような状態では、まだない。大きな鍵がいくつかかかっていて、思わぬところに立ち入り禁止の札が立っている。全部外して退かせたら、それこそ全裸で二十四時間生きられる境地なのだが、今はウルトラマンのように、制限がある感じだ。地球に帰化できるのはいつの日だろうか。やっぱり私はＵＦＯみたいに胡散臭いところがあって、何かを必死に取り繕おうとすることが止められない。それを全部手放せたら、粒子になってどこへだってゆけるのに。何の話？

　一昨日入会したダンススクールだが、早速昨日、ひとつ上の「バレエ入門」クラスを受講した。集まった生徒は「バレエ超入門」の半分ほどだが、白いタイツ率が高く、ブラック・サバスのＴシャツに黒いスパッツの私だけが浮いている。ストレッチのあとはもう、悪い予感通りの苦行だった。固定のクラスではないので、私のようなド素人が時折迷い込むのだろう。素晴らしい経歴の現役バレリーナである先生は、私のことを見て見ぬふりし（そうするしかない）、どんどん次の課題へ移っていった。もっと体の軸を意識することも、股関節から腿（もも）を上げることも、指先に意識を向けることもできたはずだが、今与えられた動きを覚えてテンポに乗せるだけで精一杯だ。さらに後半はバーを片付け、二人一組で前へ出て踊る。ピルエットなんて、やったことがないのだから、できるわけがない。「超入門」と「入門」の隔たりを、「超入門」に通い続けることで埋められるとは到底思えなかった。九十分後、私の精神はすっかり疲弊していたが、それを文章に書くだろうなという予測はしており、つまり書く気も起きないほど疲弊しきってはいなかった。自棄酒（やけざけ）を呷（あお）って、こってりラーメンを啜るのではなく、スタバでソイラテをジビジビ飲んで、中華粥を啜り、飄々（ひょうひょう）と帰路についた。怒りや悲しみが他人事で、喜びも興奮も、薄い膜の向こう。まがりなりにも踊り子としてステージに立っている私が、あんな出来損ないのイヤミみたいなピルエットを披露しながらも、照れ隠しに笑ったり、悔しそうに顔をしかめたりもせず、全くの無表情でレッスンに参加し続けたのである。先生も他の生徒も、さぞ不気味だったに違いない。

　そういう顚末は、この原稿に書くことでちはやんにはバレてしまうのだが、それがなければ、しばらく通うか、止めてしばらくしてから言ったはずだ。タイミングがなければ、言わず終（じま）いだったかもしれない。私はやっぱり、そういうところがある。それを無理矢理解明していけば、複雑な自意識や思惑があるのかもしれないが、表面的な意識の上では、本当に何も考えていない。どうしてと言われれば「なんとなく」が最適解なのだ。

それと同じ理由ではないだろうが、ある知人は、自分が引っ越したことを、しばらく私に黙っていた。別に言う義理もないし、必要性もないのだが、たまたま話の流れで言っただけで、そうでなければ、まだまだ黙っていただろうことは想像に難くない。私はこの人のそういうところが、極めて楽なのだ。

彼女は私と同年代で、未婚である。パートナーには離婚歴があって、息子とアパートに住んでいるのだが、彼女が最近越したのは、その目の前のアパートなのだ。以前からその部屋を狙っていて、空いたら連絡してくれと不動産屋に依頼していたらしい。それこそスープが冷めない、それぞれの部屋にいながら通信ゲームができる距離だ。仕事から帰ってくれば気配で気付くけれど、姿を見られたくないと思えば見せずに済む。眠くなるまで相手と一緒にいても、その眠気を覚まさないまま、ひとりになれる。ごはんを一緒に食べても食べなくてもいい。ドアを開けて話しても、LINEで済ませてもいい。

彼らのように何の契約も結んでいない我々は、お金を出し合ってひとつ屋根の下に住むより、そのくらいがいい。ちはやんが都内のどこに住むのか、いつまで東京に住むのか、今の時点では全くわからないが、初めてその場所を訪れたとき、私は私にとってのちょうどいいドアを探すだろう。何しろ私には、金銭的な上限と職場への通勤という制約はあれど、今住んでいる部屋そのものには何の愛着も未練もないのだから。

そのうち自然と鍵が外れ、立ち入り禁止も解除されれば、裸のままドアを開けて、バスタオルを持ったたちはやんに追いかけられる日が来るかもしれない。そうなれたら私の人生、もう思い残すことはないな。

好きなだけ美味に溺れるがいい
という暗黙の了解ができている。
最高だ、と思う。

千早茜

Akane Chihaya

この『胃が合うふたり』のエッセイは毎回、食べ歩きをふたりでして、新井どんが先に書き、それを受けるかたちで私が書いてきた。一緒に店を選び、食べるが、書く内容についての打ち合わせはなし。打ち合わせをしたこともあったが、たいてい新井どんは打ち合わせとはまったく違うことを書いてくるので、いつしかしなくなっていた。お、はからずも、最終回ぽい出だしになったぞ。

先攻、新井どんからは、どんな球が飛んでくるかわからない。彼女の性格や言動はほぼ読めないし、当たりをつけたとしても外れる予感しかない。ただ、締切を破ることなく、球は必ず飛んでくる。どんな状況であろうと彼女は必ず書く。その信頼があるから一緒に仕事ができるのだ。彼女もどんな球を投げたとしても、私が必ず打ち返すであろうことは信じていると思う。待つと構えてしまうので、書く時間だけを確保して、エッセイのことは考えずに過ごす。原稿が届いたら、「ほう、そうきたか」と受け止めて、取材ノートを読み返し、書く。そんな感じでやってきた。

しかし、今回ばかりは参った。よりにもよって最終回なのに。

ごく身近な人にしか伝えていなかった東京移住計画がさらりと暴露されていた。

——引っ越すことはまだオフレコなんだわ……。

書き直してくれるか探るつもりでしたＬＩＮＥへの返事は、チーズ四種盛りのかき氷の画像だった。ご丁寧にチーズの説明もついている。とても美味しいそうだ。そりゃ良かった。

オフレコだと伝えていなかった自分が悪い。そう納得すれば、もう書くことしか考えない。そして、想定外の事態に対処することが自分はそう嫌いではないのだと気づく。本能的な部分で私は異物を求めている。だから、新井どんが面白くてたまらない。

東京に住んでみようと決めたのも同じようなものかもしれない。高校の修学旅行で京都を訪れ、住むことを決めて京都の大学を受験した。そのまま二十年以上、住み続けている。変わらず京都が好きだ。夏は蒸し風呂で、冬の寒さは骨に凍みるが、なんの不満もない。けれど、あまりに肌に馴染みすぎてしまった。違和感が欲しい。そうでなくては生物として弱くなるような気がうっすらとしたのかもしれない。

他にも個人的な事情はあるのだが、ここには書かない。とりあえず、三年だけ離れようと決めて、いつもの一年分のレフィルではなく、三年連用の日記帳を買った。なににおいても記録から入る人間である。

小説の新人賞をもらったときもそうだった。とりあえず五年間だけ専業作家をやってみて、五年後にまた人生や仕事について考えようと決めた。当時、同棲していた恋人に相談もせず決めて、あのときも引っ越しをした。京都市内でだったが。

決めたらもう、振り返らない。一日、一日、仕事と生活を充実させるために生きる。

芦原温泉の宿に一緒に泊まったとき、軽い気持ちで新井どんにルームシェアを提案してみた。ちょうど戸建ての面白い物件があったのと、興行中は十日単位で共同生活をする踊り子の彼女は人と暮らすことの垣根が低いような気がした。『胃が合う』ルームシェア編も書けるんじゃないかという下心もあった。なにより、楽しそうだと思った。

新井どんの返事は「トイレがふたつあるなら」だった。はっとした。私は鼻が利く。トイレの残り香で同居人の体調不良を見抜き、たびたび気味悪がられていたことを思いだした。私は病院に勤めていたこともあるので、心身の不調に対しては割合フラットだが、人によっては指摘されると大変恥ずかしい場合があるようだ。これは踏み込んではいけない領域だと思い、その話はなかったことにした。

奇妙にぬるい十一月、東京へ行った。仕事の合間にいくつかの物件を見せてもらう。

いつも東京で宿泊する街は銀座だが、さすがに銀座に住むほどの財力はない。住むとなると街の見方も変わってくる。家でぽちぽちとキーボードを叩くのが仕事の私は通勤なんてものはなく、どの街に住んでもいいのだが、制限の無さ故に絞れなくなってしまっていた。不動産屋の車で知人や友人に勧められたいくつかの街をまわる。三軒茶屋、中目黒、自由が丘、学芸大学、荻窪（おぎくぼ）、市ケ谷、神楽坂、飯田橋、水天宮、人形町（にんぎょうちょう）、日暮里（にっぽり）……駅の名前だけ街がある。どこも建物がぎっしり。京都に比べて高さもある。東京の広さにくらくらした。けれど、内見した部屋はどれも箱にしか思えなかった。わずかな違いはあれど、おしなべてがらんとした箱。その箱の中に愛すべき特徴を見つけ、自分の巣にしていくことが生活なのだと思っている。心地好い生活を地道に築いていくのが好きだ。

　けれど、そのときは東京という大きな都市が怪獣に思えた。大きな怪獣の腹の中に、とんでもない数の箱がぎゅうぎゅうに詰まっている。その中のひとつを選ばなくてはいけないことに気持ちが疲れてしまった。

　昼過ぎに日比谷で待ち合わせて、新井どんが食べたがっていたデセールコースを食べた。果物がふんだんに使われていて、渇いていた心身が喜んだ。レモンを模したムースをスプーンでコンと割って食べるのも楽しかった。ああ、自分は綺麗で美味しく愉楽に満ちたものを求めていたのだなと気づく。その日は夜まで予定を空けていた。夕飯は寿司を予約している。しばし、生活のことは忘れようと思った。

神保町の駅で降り、「学士会館」で茶をしようと新井どんを誘う。昭和初期に建てられた「学士会館」は重厚な雰囲気で、細長い窓や高い天井、シャンデリア、タイルの壁、ふかふかの赤い絨毯、ステンドグラスの入った両開き扉など、大変好みの空間だ。内見した箱たちとは違う、無駄とも思えるような贅沢な装飾が古い建物にはふんだんにあしらわれている。ああ、幸せな別世界感。さっそくアーチ状の正面玄関で撮影なんかをしてはしゃぎ、喫茶室の窓辺の席に腰を落ち着ける。

その途端、携帯に着信があった。明日、会う約束をしている不動産屋からだった。今日は連絡ができないと事前に言っておいたはずなのに。そもそも連絡は電話ではなくメールでとお願いしている。トイレと言って席を立ち、折り返し電話をかけた。用件は、さきほどメールに新たな物件情報を送ったので見て欲しいとのことだった。もう見たい物件は伝えてあったのに。なんとしても明日の内見で決めさせようという思惑が透けて見える。

ひさびさに腹がたった。メールでお伝えしたように返信は夜になります、という声に怒気がこもるのを抑えられない。こちらから物件探しを頼んでおいて勝手だとはわかっている。彼は彼の仕事をしているだけだ。でも、この時間を邪魔されたくなかった。

電話を切っても、自分の身体から腹をたてた匂いがする気がした。深呼吸して、洗面所の美しい八角形の鏡を見つめ、リボンタイを結び直した。それでもまだ怒りの気配が消えず、大階段の意匠のこらされた手すりなんかを眺めて気を鎮めた。苛立つ私の姿を見ても、新井どんがなにも言わないのはわかっている。けれど、見られたくないと思った。

そうか、と気づく。だから、新井どんは時折すっと退くのだ。衝動的な感情で人を傷つけ、自分も嫌な思いをしないように。途絶える連絡やふと生じる距離感は、言葉足らずな彼女の優しさだった。なるようになれと人の懐に飛び込みがちな私は、人との関係において乱暴なところがあるのだろう。彼女のほうがずっと人や自分を慮っている。

席に戻ると、新井どんはプリンを食べていた。いつの間に頼んだのか。トイレが遅かった理由も訊いてこない。私のロイヤルミルクティーはすっかり冷めていたけれど、「プリン、うまい」と新井どんが笑い「良かったね」と言えることに気持ちが和んだ。


暮れたビジネス街を「寿司、寿司」と言いながら水道橋の方向へ歩く。神保町には私のデビュー元の集英社がある。新人賞の授賞式は毎年、十一月だ。パーティーがあり、同じ賞の先輩や後輩に会える節目のような月なのだが、今年はコロナでパーティーは無し。奇妙な年だったなあ、と思いながら歩いていると、「神保町、思いだすな」と新井どんが言った。新井どんの仕事が終わるのを待つときに使っていた、すずらん通りの喫茶店がよぎる。

初めて会ったとき、彼女は「有楽町の新井」だった。それから、池袋や神保町と職場は変わり、今は日比谷にいたり、踊り子としてあちこちの劇場に出向いたりしている。どの職場にも琥珀糖や鯖（さば）寿司や茶を持って遊びにいった。でも、目指すのは新井どんだったから、どこの街でも変わりはなかった。そう思うと、どこに住んでも私のままじゃないかと引っ越しへの不安で強張っていた身体が少し緩んだ。

もう何度も行っている『量平寿司』のカウンター席に座る。好きな寿司屋は絶対にカウンターで、一緒に行ける人は限られている。寿司のルールなんて小難しいことはわからない私は、好きなものを好きなだけ食べるために寿司屋に行く。同じ心意気の人でなくては楽しくない。

つきだしは生の桜海老だった。一瞬で顔がほころぶ。まずは、〈ぎんなん焼〉。「鱈白子（たらしらこ）ぽん酢！　かに酢！　うざく！」と酢の物系ばかりを提案しても、「いいね！　いいね！」と深く頷いてくれる。必ず頼む、〈うに天麩羅〉は四つで「三個どうぞ」と言うと、「ほんとうに？」と天使に遭遇したようなまなざしで見つめてくる。このやりとりを毎回していることに、うにを前にするとすべてが吹っ飛ぶ新井どんは気づいていない。〈鱈白子焼き〉、〈から付き生うに〉の辺りで新井どんがすっかり静かになってしまう。目を閉じて味わっている。完全にひとりの世界に浸っている。もちろん邪魔しないし、彼女も私の美味の邪魔をしない。互いに好きなだけ美味に溺れるがいいという暗黙の了解ができている。最高だ、と思う。

食べはじめて二時間、ようやく握りに目がいく。「握りにいきますか」と新井どんが言う。あんたが大将なのか。なにも見ていないような顔をして、このひとは本当に傍にいる人の呼吸を読むのがうまい。昼間のアシェット・デセールの店でも、私がオーブンの音でシェフの説明が聞こえないのに気づいて横で説明を繰り返してくれた。〈かいわれ大根の出汁漬け〉という見たことのない寿司を握ってもらい口をさっぱりさせる。水のように清らかなアジ、海老は新井どんは生で、私は蒸しにしてもらい、共に焼いてもらった頭をカリカリと齧った。イクラと穴子はマスト。新井どんは江戸っ子らしく、いつもコハダも食べる。今日は白子の日なのか、白子の軍艦をお代わりしていた。赤身を欲してカツオを頼むと、大将がハラミの部分に細かく包丁を入れはじめた。夏の海原のようにギラギラ輝く寿司が笹の葉の上に置かれる。「銀造り」というのだと大将が教えてくれる。口に入れると脂がほどけ、カツオの旨みが舌の上で溶けた。期待していた赤身とは違う。けれど、経験したことのない美味だった。新井どんと涙目になりながら「うまい、うまい」と狂喜する。ここの寿司は何度行っても毎回、必ず予想を裏切る一貫がある。仕事とはこうでありたい、と思わされる。押さえるべきところは押さえ、安心の美味を提供しながら、目がさめるような想定外の逸品を繰りだす。その読めなさは新井どんからくるエッセイにも似たところがある。

しかし、私が新井どんの想定外を楽しめるのは信頼があるからで、その信頼は彼女が作りだしたものだ。不動産屋からの突然の電話に怒ってしまった私は、本当は想定外のことが大嫌いだし、乱されることを良しとしない。私は新井どんの想定外を楽しんでいるのではなく、楽しませてもらっていた。職人が差しだす寿司のように。

それでも、ひとりでいるときに電話がきていたら、あそこまで怒らなかっただろう。このエッセイもひとりだったら書かないというようなことがたくさんあった。人は自分の姿を炙(あぶ)りだす。美味の邪魔にならない相手でも、一緒にいれば思い出も感情も増えていく。自分のことなどわかりきっている。だから、人を眺めているほうが面白いと思っていたのに、気づけば、こうしてまったく書くつもりのなかったものを書かされてしまっている。

もうなにも入らないというくらい寿司を食べ、店を出ると、さっとそれぞれの帰路についた。餌場が同じ野良猫は違うねぐらに戻っていく。タクシーの後部座席で満足の息を吐いた。都会のネオンを映す窓ガラスに張りついて手を振ったりしない距離感が、今はとてもありがたかった。

おわりに

新井見枝香

Mieka Arai

とても良くないことが起きた。嘆いても憤(いきどお)っても、起きたことは変わらない。現実を受け入れるだけだ。そういう局面で、私はどういうわけか怒りや悲しみに浸ることができず、冷静に思考してしまう分、ただただ無力感と憂鬱の沼に沈み込む。過去には、そこから何年も抜け出せないことがあった。

渦巻く感情を他者にぶつけるには、勢いが必要だ。それが一体何になるだろう、なんて考え始めたら、もう削(そ)がれている。憶測で物を言うのも、考えすぎたらできやしない。いくら自分が正しいと思えても、この世界には自分の知らないことなんていくらでもあって、想像もつかないような理(ことわり)や思惑が存在したりするかもしれないではないか。考えれば考えるほど、私の口からは言葉が出ない。

その日、私の頭の大半を占めていたのは、全くもってレストランでの食事には向かない話題だった。それも『胃が合うふたり』連載完結と、ちはやんの「渡辺淳一文学賞」

受賞のお祝いを兼ねたディナー、しかも念願のフレンチ『北島亭』で。

よしながふみの漫画『愛がなくても喰ってゆけます。』に登場するお店は、『北島亭』を始め、どれも強烈に魅力的で、読んですぐに何軒か足を運んだほどだ。池袋の『中国茶館2号店』もそのひとつである。その時の同行者は、小鳥のように食の細い友人だった。飲茶は時間内なら何度でもオーダーできたはずだが、漫画に出てくるメニューすら制覇できなかった記憶がある。めいめいが食べたいものを食べたいだけ食べる「食べ放題」は、胃が合わなくても楽しめるシステムに思えるが、実は相手のペースにのまれやすい。遠い過去には、これまた小鳥のように食の細い恋人が、ホテルのケーキバイキングで胃を押さえて動けなくなったこともあった。なんだか申し訳ない。

それで思い出したが、かく言う私も、胃が合うはずのちはやんにのまれて、うっかりダウンしかけたことがあった。宿泊者しか利用できない、「東京ステーションホテル」の朝食ブッフェだ。都内に住む私は、ほとんどそれのために泊まったと言っても過言ではない。噂に違わず、料理は品良く豪華でバラエティに富み、どれも状態が良く保たれている。皿に美しく料理を取って、夢のモーニングセットを作るちはやんを横目に、揚げたてのフライや焼きたてのグラタンを盛り合わせたり、炊きたてごはんにいくらを載せたり、オムレツを作ってもらったりしていた。ところが、まだまだ食べたい気持ちがあるのに、ぱったりと手が止まる。もともと自分は朝食を食べない人間である、ということを忘れていた。そりゃ胃も何事かと驚くだろう。

食べ放題ではないが、量が多くて持ち帰るのが普通、と聞いていた『北島亭』のコース料理だが、我々の胃にはほどよく収まった。お祝いといえばシャンパンでしょう、と言いつつ、それぞれキール・ロワイヤルとキール・アンペリアルで乾杯。しかし酔いに来たわけではないので、それ以降は、ふたりともガス入りの水だ。私が選んだ〈北海道産生ウニのコンソメゼリー寄せ〉は、ちはやんの〈紅ズワイガニとアスパラ シャルロット風サラダ〉に比べて華やかさに欠けるが、生まれ変わってもまた、私は生ウニを選択するだろう。温菜は揃って、〈フォアグラのポアレ〉。ホワイトアスパラガスにも惹かれたが、ここで一つずつ頼み、シェアするという発想はないふたりだった。だってフォアグラは一人前食べたい。私はどちらかというと小鳥ではなく怪鳥のように食べるのだが、「質より量でしょ」と言われるのが何より心外である。ただ闇雲に胃を膨らませることが好きなわけではない。美味しいものを心ゆくまで楽しみたい。その結果、量が多くなってワンピースのボタンがはじけ飛ぶだけなのだ。食べたことのないものを食べてみたいし、好きな食べ物はもっともっと追求したい。メインの仔羊は、どの部分がどんな味なのか、どうしてこんなに美味しいと感じるのか、そういった興味の延長線上に料理があるので、私は料理をすることも、失敗することも、楽しいとしか思わないのかもしれない。

フィンガーボウルが用意されたのをいいことに、骨を手で摑み、ガリガリ齧る勢いの私だったが、目の前には、まるで私の存在を忘れ、この世界には焼かれた仔羊と自分しかいないとでもいうような集中力を発揮する友人がいた。ナイフとフォークを使い、断面を覗き込み、においを嗅ぎ、その焼き加減に感嘆する。彼女は興味を持ったことに対して、貪欲（どんよく）に知ろうとする。書物を読み漁り、しかるべき人に質問し、メモを取る。知的好奇心に突き動かされて、だいぶ行動がおかしな人になっているのだが、それに全く気付いていないときの彼女がすごく好きだ。人間の耳は、構造上何かを突っ込まないとふさげないはずなのだが、あんなに何を言っても聞こえなくなるなんてすごい、と感心する。

私は興味を持ったことに対して、しつこくにおいを嗅いだり、耳を澄ませたり、穴が開くほど見たりするが、それはいつも言葉にならないまま、私の中に蓄積されていった。彼女と出会い、会話をすることで、それに名前があることを知った。言葉に表して、人に伝えることができるようになった。

だけどやっぱり、とても良くないことが起きたことについて、口にすることはできなかった。伝えることがうまくできそうにない。なぐさめてほしいわけでも、元気づけてほしいわけでもない。そういうのは一切いらん。

『北島亭』の翌日、やっぱり何食わぬ顔をして一緒にＬＩＶＥに行った。コロナの影響で飲食できる店はなくて、はらぺこでちはやんの家に帰ったら、豚汁が待っていた。バカみたいに大きくて分厚くて重たい鍋に、口までたぷたぷと作っている。鍋が大きいからといって、何も持ち上がらないほど作るこたなかろう。お玉を入れたら煮物みたいに具ばっかりで、すんごくいい匂いがして、立て続けに三杯食べた。少なくともその瞬間は、うんざりすることを思い出さないようにしようと思うことも忘れて、「スープジャーを持って来たら、もう一杯持って帰れるな」などと考えていた。にんじんも大根もちょうどよく煮えて、どうやら彼女が食べたかったらしい牛蒡がドカドカ入っている。『北島亭』のスープから香るトリュフも人を幸福にさせるが、ちはやんの豚汁は、なんかもうこの人生、いいことしかないんじゃないかな、って気にさせた。心がままならない自分が、『胃が合うふたり』の連載を最後までやれた。毎日思い残すことがないように生きている。

豚汁のあと、一緒に『オー・ボン・ヴュータン』で買ってきたケーキをたらふく食べた。ただそれだけで、悪いことはもう過ぎ去った、と思えた。今日というなんでもない日、おめでとう。

ひゅっと放物線を描いて差し歯が飛び、
人と食事をしていることを
思いだした。

千早茜

Akane Chihaya

東京に引っ越した。大学時代から住んでいた京都はもう人生の半分を過ごした地になっていて、まったく不満はなかった。生涯、住み続けると思っていたし、就職活動すら関西内でしかしていなかった私が京都を離れるとは、友人の誰もが思っていなかったようだった。

最も付き合いの長い京都の友人に東京に引っ越すことを告げると、ほんの少し息を呑んで「そっかー」と言った。それは予想通りだった。けれど、その後に友人は「どうしようかな」とつぶやいた。「どうしよう?」「うん、ちはこが京都にいなくなったら仕事帰りにお茶に寄れる場所がなくなるなあって」仕事の忙しい彼女はそんなに頻繁に遊びに来ていたわけではなかった。愚痴ったり弱音を吐いたり人に寄りかかったりするタイプでもない。それでも、なにかあったら他愛ないお喋りをして茶をできる場所があると思うだけで違うのだと言う。「いなくなるの寂しい」と言う人は多くいた。でも、「どうしよう」は彼女だけで、耳に残った。

東京に来てから仕事関係の人も、知人友人も、会うと「東京はどう？」と訊いてきた。「まだ越したばかりだから」と答えるしかなかった。だって、よくわからない。基本は家で仕事をしているし、新型コロナウイルスのせいで外食も制限されていてまだそんなに食べ歩ける状況じゃない。東京の水は京都より硬質で、茶や出汁の出方が変わったくらいしか実感がない。恐らく社交辞令で訊いているのだろうし、詳細な報告を求められてもいないだろう。

唯一、訊いてこなかったのは新井どんだった。まだテーブルもなく段ボールだらけの狭い新居にやってきて、「ちはやんの匂いがする」と笑顔で部屋を見回したきり、床に座り込みトランクをテーブルにして旺盛に飲み食いしている。あまりに新生活への感想を訊いてこないので、「東京に来た実感がなくてねえ」と自分から切りだすと「だって月一くらいで来ていたじゃない」とあっさりと言われた。それもそうだなと腑に落ちた。

正直、同じ都市に住むようになったら距離感とか関係とか変わるのではないかと思った。新井どんも「前はどちらかが新幹線に乗って会っていたから特別感が減るかもね」と言っていたような気がする。けれど、特に変わったようには感じられなかった。互いの都合が合えば、週一くらいで茶会をする。好きな洋菓子屋のケーキや焼き菓子をずらりと並べ、ポットで何杯もお茶を飲む。紅茶に飽きたら中国茶。茶葉はいくらでもある。

我々は延々と茶を飲んでいられる。たいていどうでもいいことしか話さない。

ただ、物理的に近くなったからか、ときどき「今日、行っていい?」とふらりと現れることがあった。そういうときの新井どんは少し疲れた顔をしている。「疲れてる?」と尋ねると「そうかも」とだけ答える。あとはいつもの他愛ない話。私は京都の旧知の友と同じで、人が打ち明けてくれることに対して「そうなんだー」と言うことが多い。慰めたり、感情移入したりするのが下手なのだ。アドバイスなんてもってのほかだ。私の友人たちは馬鹿ではないし、小説家なんてやっている社会不適応者の私よりよほど世間を知っている。おまけに私は鈍いところがあるので、喜ばしい話かどうかの判断がつかず「それは○○にとっていいことなん?」と訊いてしまうことすらある。話すほうはさぞ張り合いがないことだろう。そういう私の態度を冷たいと感じる人は離れていくし、仕方ないと思う。でも、できるなら一緒にいる時間くらいは楽になってくれたらいいなと思う。だから、美味しい茶を淹れようと努める。それくらいしか私はできない。知ってか知らずか、新井どんはあまり打ち明け話をしてこない。

イベントめいたことをしない(そもそも新井どんは「予約」というものをあまり得意としない)我々にとって、この『胃が合うふたり』の連載は「特別な日」を作る稀有(けう)な機会だった。この連載がなかったら「いつか行こう」で終わっていた店もあっただろう。特別な日があれば、特別な場所に行けるのだ。最後の『胃が合うふたり』飯はどこにしようとわくわく話し合い、決まったのは『北島亭』だった。フレンチを愛する者ならば一度は行きたいと願うレストラン。しかし、量が多いと有名で、みな怖気づく伝説の店。でも、胃が合う友とならば安心だ。

しかし、前日、なんとなく新井どんの様子がおかしかった。会っていたわけではないが、LINEがいつもの感じじゃないのだ。なにがどうとはうまく説明できないのだが、間みたいなものが違う、気がする。

そういう日もあるだろう、と入浴し早めに寝た。体調を万全にしておきたかった。私は関西で『北島亭』出身のシェフの店に行ったことがあるのだが、もの凄い量だった。まずウニがひとりにつき一折でてきた。それにアンチョビの載ったホタルイカがご飯茶碗くらい盛られ、ピクルスとサラミ、鮮魚のマリネと茄子がどかどか。三、四人前くらいの前菜がどかんと置かれ、すっかり気圧されてしまった。その後、オマール海老がひとり一匹、メインは仔羊だったが、数切れ食べて持ち帰りにしてもらった。デザートのフロマージュと苺のスープはどんぶりに入っていて、顔を洗えそうなくらいたっぷりあった。持ち帰れないそれだけは意地でも食べたが、焼きたての肉を完食できなかったことが悔しかった。

当日は風が強く寒い日だった。私はカイロを貼り、腹巻までして入念に防寒した。電車を降りて商店街を歩いていたら黄色い幌が見えてきた。『北島亭』だ！ ついに！ あの幌と合わせるためにわざわざ黄色いボウタイのついたワンピースを着てきていた。たったったっと軽快な足音が背後から近づいてくる。新井どんかな、と振り返ると笑顔で駆けてくる新井どんがいた。走るなんてめずらしい。よほど楽しみだったのか。それとも、元気がないからテンションをあげようとしているのか。しかし、訊くタイミングを逃し「駅前きれいやったね」とどうでもいい話をしているうちに店が開いてしまった。

半地下の店に入って席につく。透明なパーテーションの向こうで黒いワンピース姿の新井どんが背筋を伸ばしている。きりっとした顔をしていた。コース料理を食べに行くことはあまりなかったが、いいものだなと思った。うちでくつろいでいるときとは違う、張りのある表情だ。人のいろいろな顔を見られるのは面白い。

泡のたつ飲み物で乾杯したら、〈めひかりのフリット〉がでてきた。大きな皿にちょこんと一匹。骨が抜いてあり、熱々で、塩気が絶妙。手で食べていいのが、とても良い。食欲を刺激する少量の揚げ物の次は、〈白いんげん豆のスープ〉。初めて苦手な黒トリュフの香りを好ましいと思えた。どんどん高まる期待。新型コロナウイルス対策のため、時間短縮営業中だったので、四品は諦めて三品のコースにした。冷菜は、私は〈紅ズワイガニとアスパラ シャルロット風サラダ〉、新井どんは〈北海道産生ウニのコンソメゼリー寄せ〉。ここまでは会話があった。私のメモもちゃんと書かれている。温菜は揃って、〈フォアグラのポアレ 帆立のムースと木の芽添え〉。いま、思いだしただけで口の中が涎でいっぱいになった。とにかく美味だった。フォアグラが口の中で溶け、「すごい」しか言わず、ごくごくと食べてしまった。そして、メインの〈仏ピレネー産仔羊ジゴのロースト〉。ジゴとは腿肉のことなので、こんがりと焼けた仔羊の太腿が一本、フライパンに載せられたまま運ばれてくる。まさに肉塊。それを切ってめいめいの皿に盛りつけてくれる。骨つきの、顔くらいの肉の山とローストした野菜や茸が、私と新井どんの前に置かれた。

ひとくち食べて混乱した。一切の臭みがない。みずみずしい。長い時間かけて焼かれて、皮も焦げ目がついているのに、肉はうっすらと桃色で、ナイフを差し込めば抵抗なく切れ、透明な肉汁と脂がじゅぼっと溢れる。羊なのか……ほんとうに……？ 私は北海道生まれなので羊肉は幼い頃から食べ慣れている。しかし、これは私の知っている羊ではない。なんだ、なんだ、この肉は、と記憶の美味を検索する。浮かんだのは、なぜか漫画『ワンピース』で、水の都ウォーターセブンを訪れたルフィたちが食べていた

「水水肉（みずみずにく）」。あの「もぐちゃぷ」という擬音が相応しいように思われた。それか、またも漫画『北北西に曇（くも）と往（ゆ）け』で主人公がもりもりと食べていたアイスランドの羊肉。荒野で野生のハーブと苔（こけ）を食べて育ったアイスランドの羊の肉は柔らかくうまいと書かれていた。日本育ちの主人公はその肉を食べて「米だな」と主食にできると感じ、「この国で生きていける気がする」と言う。どちらも知らない肉だ。そんなフィクションの中にしか存在しない未知の肉を体験している気がした。ちなみに、その日のノートに書かれていたメインについてのメモはたった一文。「肉は水だったのか？」だけである。ひどい。それほど、立場も目的も忘れて肉にのめり込んでいた。

　その間、新井どんは黙ってがりがりと仔羊の骨をしゃぶっていたが、彼女も熱中していたのか差し歯が取れてしまった。ひゅっと放物線を描いて差し歯が飛び、新井どんの「あっ」という狼狽（ろうばい）した声で、ようやく我に返り、人と食事をしていることを思いだした。「んあっ」という変な音が私の口からもれ、笑われた。駄目だ、ぜんぜんコース料理でもお澄ましできない。

　デザートはプロフィットロールを選び、そこで閉店時間になってしまったので、ミニャルディーズは持たせてもらった。みかんがついていたのが可笑しかった。「ちょうど良い量だったね」「次は四品コースがいいね」と言いながら、冷たい風の中を駅に向かった。すんなりと別れて家に戻ると、まだ九時にもなっていなかった。そこで、ようやく新井どんの様子を窺うことを忘れていたのに気がついた。皿の上しか見ていなかった。というか、差し歯が飛ぶってけっこうなハプニングなのにナプキンが落ちた程度の対応しかしていない気がする。肉で気がそぞろだったのか。うーん、不甲斐ない、と思う。私は興味を惹かれるものがあると、人を気遣うということができなくなる。

困ったことや悩みがあっても、それが深刻なものであればあるだけ新井どんは人には話さないだろう。京都の友人がつぶやいた「どうしよう」すら新井どんは口にしないはずだ。どうしようもないことをよくわかっているから。なぜそう思うかというと、自分自身がそういうタイプだからだ。では、参ったとき、自分はどうするか。

そのとき、浮かんだのは一杯のスープだった。新井どんと行ったこともある『コム・ア・ラ・メゾン』のガルビュール。開店当時からレシピの変わらない特別なスープだ。東京に越す前、仕事もプライベートも割と大変だった。なんとか引っ越しは終えたが心身共に疲弊しきっていて、食欲もわかず三キロ痩せた。腹を優しく温めてくれるものが欲しかった。私はひとりで店に行き、スープを頼んだ。スープは京都から通っていたときと同じ味で、同じく美味で、これからなにがあってもここに来てこのスープが飲めるなら大丈夫だと思った。この街で生きていけると。

まだ片付いていない台所で、柘榴色のストウブを箱からだす。四リットル近く仕込める大鍋だ。それにいっぱい豚汁を作った。牛蒡が食べたい気分だったので、三本入りを二袋使った。汁物でなみなみと満たされた鍋には安心感があった。茶は大好きだけど、胃が合う我々が打ち解け合うには少し物足りないときもあるかもしれない。でも、スープがあればとりあえずなんとかなる気がする。次の日も会う約束をしている新井どんがそういう気持ちになってくれればいいと思った。

なにより、温めるだけで食べられるものが冷蔵庫にあるのは良いことだ。東京での新生活を訊かれたら、「汁物は常備するようになりました」と答えようと思っている。

今日は長い踊り子遠征を終えた新井どんが日本酒を持ってやってくる。鍋には骨つき豚肉と酸菜の中華スープがある。折良く、少し肌寒い。「スープもあるけど」と言ったときの顔をちょっと楽しみにしている。

初出一覧

はじめに	yom yom 2019年 8 月号
歌舞伎町ストリップ編	2019年 10 月号
銀座パフェめぐり編	2019年 12 月号
神楽坂逃亡編	2020年 2 月号
両国スーパー銭湯編	2020年 4 月号
高田馬場茶藝編	2020年 6 月号
ステイホーム編	2020年 8 月号
福井・芦原温泉編	2020年 10 月号
京都・最後の晩餐編	2020年 12 月号
神保町上京編	2021年 2 月号
おわりに	本書のための書き下ろし

装画／挿画　はるな檸檬

新井見枝香
Mieka Arai

1980年東京生まれ。書店員として文芸書の魅力を伝えるイベントや仕掛けを積極的に行い、中でも芥川・直木賞と同日に発表される一人選考の文学賞「新井賞」は読書家の注目の的となっている（ちなみに2014年第1回の受賞作は千早茜『男ともだち』）。エッセイも手掛け、『探してるものはそう遠くはないのかもしれない』『本屋の新井』『この世界は思ってたほどうまくいかないみたいだ』の著書がある。20年からはストリップの踊り子として各地の舞台に立ち、三足のわらじを履く日々を送っている。

書店員であり、踊り子であり、エッセイストであり、友。胃の容量、体力、関節の柔らかさ、聴覚、いろいろ規格外。唯一の弱点は歯。勘がいい。というか、勘で生きている。表情が豊か。胃は合うが、肚の中はまるで読めない。いざというとき頼りになる。世界の終わりがきても一緒に笑えそう。（千早記す）

千早茜
Akane Chihaya

1979年北海道生まれ。2008年『魚神』で第21回小説すばる新人賞を受賞し、作家デビュー。同作は09年に第37回泉鏡花文学賞も受賞した。13年『あとかた』で第20回島清恋愛文学賞を、21年『透明な夜の香り』で第6回渡辺淳一文学賞を受賞。他の著書に『男ともだち』『西洋菓子店プティ・フール』『クローゼット』『神様の暇つぶし』『さんかく』『ひきなみ』やクリープハイプ・尾崎世界観との共著『犬も食わない』、エッセイ『わるい食べもの』など多数。

ちはやん。ちゃーちゃん。たまに茜ちゃん（って呼ぶと嫌がる）。美味しいお茶を淹れる人。餅とチョコレートと果物と赤い肉が好き。千切りが細かい。特技はお菓子を箱に隙間なく詰めて送ること。よく食べる。歯が丈夫。（新井記す）

胃が合うふたり

著者
千早茜　新井見枝香

発行
2021年10月30日

発行者
佐藤隆信

発行所
株式会社新潮社
〒162-8711 東京都新宿区矢来町71
電話 編集部 03-3266-5411
読者係 03-3266-5111
https://www.shinchosha.co.jp

装幀
新潮社装幀室

印刷所
大日本印刷株式会社

製本所
大口製本印刷株式会社

乱丁・落丁本は、ご面倒ですが小社読者係宛お送り下さい。
送料小社負担にてお取替えいたします。
価格はカバーに表示してあります。

ISBN978-4-10-334193-2 C0095